O MURO DE PEDRAS

Elisa Lispector

O MURO DE PEDRAS

APRESENTAÇÃO
Nádia Battella Gotlib

PREFÁCIO
Jeferson Alves Masson

3ª edição

Rio de Janeiro, 2025

Copyright © 1963 by Elisa Lispector

Design de capa: Cristina Gu
Colagem de capa: Sumaya Fagury

Texto revisado segundo o Acordo Ortográfico da Língua Portuguesa de 1990.

Todos os direitos reservados. É proibido reproduzir, armazenar ou transmitir partes deste livro, através de quaisquer meios, sem prévia autorização por escrito.

Reservam-se os direitos desta edição à
EDITORA JOSÉ OLYMPIO LTDA.
Rua Argentina, 171 — 3º andar — São Cristóvão
20921-380 — Rio de Janeiro, RJ
Tel.: (21) 2585-2000.

Seja um leitor preferencial Record.
Cadastre-se no site www.record.com.br
e receba informações sobre nossos lançamentos e nossas promoções.

Atendimento e venda direta ao leitor:
sac@record.com.br

CIP-BRASIL. CATALOGAÇÃO NA PUBLICAÇÃO
SINDICATO NACIONAL DOS EDITORES DE LIVROS, RJ

L753m Lispector, Elisa
3ª. ed.   O muro de pedras / Elisa Lispector. - 3. ed. - Rio de Janeiro : José Olympio, 2025.

ISBN ISBN 978-65-5847-146-2

1. Ficção brasileira. I. Título.

24-94849

CDD: 869.3
CDU: 82-3(81)

Gabriela Faray Ferreira Lopes - Bibliotecária - CRB-7/6643

Impresso no Brasil
2025

APRESENTAÇÃO

UM ROMANCE DE SUCESSO

NÁDIA BATTELLA GOTLIB[*]

*[...] e uma vez mais assustou-se
com o ilimitado da liberdade que se dera,
e com a solidão incomensurável
que se contém na liberdade.*
— Elisa Lispector

Sim, um romance de sucesso. Pelo menos é o que se deduz se considerarmos que *O muro de pedras*, lançado pela primeira vez em 1963, ganhou o Prêmio José Lins do Rego,

---

[*] Nádia Battella Gotlib, professora (aposentada) de literatura brasileira da Universidade de São Paulo, é referência nos estudos biográficos da irmã Lispector mais nova, Clarice. Atuou como professora e pesquisadora também em outras universidades brasileiras e estrangeiras. É autora de *Clarice, uma vida que se conta* (Ática), *Clarice fotobiografia* (Edusp), *O estrangeiro definitivo: poesia e crítica em Adolfo Casais Monteiro* (Imprensa Nacional/Casa da Moeda), *Teoria do conto* (Ática) e *Tarsila do Amaral: a modernista* (Edições SENAC-SP). De Elisa Lispector, organizou *Retratos antigos: esboços a serem ampliados* (Editora UFMG).

inaugurado em 1962 pela Editora José Olympio, após a obra ter sido selecionada entre 119 concorrentes por um júri composto por escritores renomados, como Rachel de Queiroz, Adonias Filho e Octavio de Faria. O livro, editado em 1963, ganhou uma segunda edição, mas permaneceu praticamente nas sombras até sua terceira edição.

Concluída em novembro de 1960, segundo anotação da própria autora ao fim do livro, essa prosa ocupa uma posição significativa no conjunto da produção da ficcionista, por se situar justamente em sua produção romanesca, entre três títulos anteriores – *Além da fronteira*, (1945), *No exílio* (1948), *Ronda solitária* (1954) – e três posteriores – *O dia mais longo de Thereza* (1965), *A última porta* (1975) e *Corpo a corpo* (1983).

Considere-se ainda que *O muro de pedras* antecede os seus três livros de contos publicados nas décadas seguintes: *Sangue no Sol* (1970), *Inventário* (1977) e *O tigre de Bengala* (1985); este último foi premiado em 1986 pelo PEN Clube. Desses, apenas um deles recebeu tradução em língua estrangeira, no caso, para o francês: *En Exil*, pela Éditions des femmes, em 1987.

Vinte e dois anos depois da morte da escritora, ocorrida em 6 de janeiro de 1989, no Rio de Janeiro, a obra de Elisa Lispector ganha a publicação de mais um título: o texto de memória *Retratos antigos*, relato pautado pela história de sua família, desde a saída da Ucrânia até os anos mais recentes de vida da escritora passados no Rio de Janeiro.

Em meio à farta massa narrativa de 11 títulos, o romance *O muro de pedras* sobressai aos demais, não tanto pela amarração dos seus segmentos internos, por vezes um tanto soltos – como é o caso da rápida presença e caracterização de personagens secundários –, mas pela intensa percepção da autora, que, pela via da figura de um narrador em terceira pessoa, consegue deter-se nos detalhes e meandros da mente humana. Fios de vivências tanto leves quanto turbulentas habitam a história da protagonista, flagrada, com aguda perspicácia, nas suas relações, ora diante de parentes próximos, ora diante dos homens que passaram por sua vida amorosa.

Eis o grande mérito dessa ficcionista, que, em meio a uma tradição de escritoras fortes, soube escolher o seu lugar. Para remontar apenas a quatro que a antecederam, observo que o romance não se enquadra nem na linguagem modernista de Patrícia Galvão (Pagu) de *Parque industrial*, de 1933, nem na de uma Rachel de Queiroz, no seu *Caminho de pedras*, de 1937 (ambas estreitamente vinculadas à demanda dos problemas da literatura social). Não poderíamos vincular sua obra aos romances de Lúcia Miguel Pereira publicados ao longo da década de 1930, tampouco ao único romance de Lygia Fagundes Telles lançado antes dos anos 1960, *Ciranda de pedra*, de 1954, ainda que essas duas escritoras pautassem fundamentalmente um filão comum: as questões da mulher em suas variadas possibilidades de difíceis relacionamentos parentais e sentimentais.

Esse romance de Elisa Lispector envereda por outro caminho. Desvenda o mundo pelo de-dentro das personagens. Acompanha o movimento de escavação da intimidade da mulher que, em estado de dor e angústia, envolvida em relações complexas no campo familiar e afetivo, procura explicações para o estar no mundo, mediante detalhes de visões que ela tem do seu entorno, como se estivesse – e parece que está – em face de um enigma de difícil decifração.

Nisso, assemelha-se à narrativa da irmã Clarice Lispector: o alvo é a mulher na sua experiência de construção de liberdade, ao trilhar percurso nem sempre fácil, mas irreversível, em que a descoberta do mundo se faz no revolver as profundezas, nos questionamentos de teor filosófico e, sobretudo, no deixar-se levar por uma sensibilidade à flor da pele.

Não que ali haja ausência do mundo externo. "Os jornais falavam em guerra, os moços falavam em greves, e as moças, em emancipação" (p. 15). As greves não chegam a habitar o campo do enredo. E é bem verdade que um grupo familiar de personagens do romance fugiu para o Brasil para se livrar dos horrores da guerra na Europa. Nesses dois casos, a menção a elas existe apenas como uma moldura que não chega a se incorporar ao núcleo narrativo de modo a interferir no universo da protagonista. Surgem como detalhes que, de certa forma, funcionam como elementos indicadores de um contraste entre a dimensão social de um mundo maior e o universo pequeno, mas ao mesmo tempo imenso, da realidade interior da personagem. De fato, é o terceiro elemento citado, o da emancipação das moças, no caso, da protagonista Marta, que sustenta o fio do enredo do romance, em processo de libertação da protagonista centrada numa intimidade em movimento. E, em segundo plano, na condição de outras mulheres que vivem ao seu redor.

O que move a protagonista é o encontrar-se em estado de percurso em direção a algo que desconhece e que parece vibrar desde o primeiro gesto de alívio, ao desembaraçar-se dos laços repressores da mãe e perceber o caminho de dúvidas, incertezas e apreensões que a vida lhe oferece.

Ao longo do romance, encontramos imagens que sinalizam um repertório apurado. Por vezes, uma simples imagem traduz experiências singulares. É o caso do contato de seu corpo com o anjo de pedra, num mausoléu do cemitério durante enterro do pai. A visão de uma criança, no caminho de casa, após levar a mãe ao porto para viagem de navio. Ou mesmo a imagem de uma mulher solitária, frequentadora assídua de um café.

E há cenas bem construídas, como a da família na parte final do romance, em que as peças, antes soltas como num tabuleiro de xadrez, ganham consistência, parecendo se ajustar.

Ponto alto do romance se encontra justamente nessa capacidade de a autora centrar o foco sobretudo em personagens masculinas que passam pela vida da protagonista, desvendando como agem ao longo de uma experiência de convivência amorosa. Quem são Henrique, Heitor, Maurício, Bruno? "Difícil de dar-se às pessoas. Ela só possuía intensidade e ardor. Não palavras. Não imagens que pudessem ser transmitidas, assim como objetos que pudessem ser passados de mão a mão" (p. 20).

A história de Marta pode ser lida como os passos nessa tentativa de compreensão do mundo, em momentos de redescoberta que se seguem a momentos de cegueira.

São histórias de amor, vistas "por dentro" das personagens mulheres em relação aos homens: as incompatibilidades, os impasses, as separações, as desilusões, as tentativas de se refazer a vida, enfim, diversas reações diante dos vários capítulos de um percurso amoroso travado pela vida afora. Tentativas de "amoldar-se à vida" (p. 74). Mas sem submissão. E, sim, como uma difícil conquista de reencontro consigo mesma num mundo que lhe parece hostil.

"[...] a sua falta maior, sabia-o, era não saber viver com o acerto com que os outros vivem" (p. 91). Nesse aspecto, o romance é também um modo de, por palavras, vencer os obstáculos que compõem a via-crúcis de uma vida.

"Viver era-lhe agora o mesmo que arranhar as pedras de um muro; os dedos sangravam, sem que ela conseguisse inscrever nele o mais leve indício de sua dor" (p. 181). Com efeito, essa criativa imagem pode nos remeter ao universo da própria escrita do romance. Elisa teria atingido, nesta trama, a manifestação da dor e das delícias de viver experimentada por sua heroína, no seu percurso árduo, voltado para a tão desejada libertação? Nessa perspectiva, *O muro de pedras* é também uma obra de sucesso.

É o que vocês, leitores e leitoras, hão de experimentar ao acompanhar o caminho dessa protagonista que, de certa forma, pode ser considerado também como o caminho de muitas mulheres.

PREFÁCIO

ELISA LISPECTOR, UMA AVE MIGRATÓRIA

JEFERSON ALVES MASSON*

Com apenas 9 anos, durante a fuga da família Lispector da Ucrânia até o Brasil, Elisa Lispector testemunhou a barbárie dos *pogroms*, prática de perseguição a judeus, e a consequente invasão de todas as residências pelos cossacos, que cometiam diversos tipos de atrocidades, o que a marcou de forma irremediável, influenciando sua obra com o que denomino *poética do exílio* e do *desenraizamento*.

Atualmente, situar Elisa Lispector no campo da literatura brasileira é resgatar uma obra que merece inteiro acolhimento e reconhecimento, o que a Editora José

---

* Jeferson Alves Masson é formado em Letras pela UFRJ, com especialização em Literatura infantojuvenil pela mesma instituição, mestre em Literatura, cultura e contemporaneidade pela PUC-Rio, e especialista na obra de Elisa Lispector.

Olympio ofereceu, em 2024, com a publicação de *No exílio*. Esse é o seu romance com traços autobiográficos, que conta, através da lente ficcional, a trajetória da fuga da família Lispector da Ucrânia para o Brasil.

Retomar a obra elisiana neste momento não é só relevante por sua qualidade literária, mas é sobretudo importante no atual momento histórico, em que há uma guerra em curso contra o povo ucraniano, o que tem provocado novas e, ao mesmo tempo, antigas diásporas. E não só os ucranianos sofrem hoje com a barbárie: a busca por refúgio em outros países é uma realidade deste tempo de incontáveis truculências. Enfim, novos deslocamentos e exílios num mundo submerso em guerras cruéis e desumanas.

O muro de pedras, sua obra mais premiada e agora merecidamente relançada pela Editora José Olympio, foi o primeiro romance a ganhar o Prêmio José Lins do Rego, inaugurado em 1962, bem como o Prêmio Coelho Neto, da Academia Brasileira de Letras, em 1964. Nesta obra, temos a protagonista Marta, mulher solitária, que transita num mundo que parece totalmente fraturado e descosido, impossibilitando-a de formar vínculos sólidos com outros seres humanos. Neste romance, percebemos a poética do exílio e do desenraizamento, que resplende em toda a obra elisiana e que se presentifica em personagens deslocados e sem pouso, à procura de abrigo, mas sem sucesso diante de uma realidade inexorável, como se lê no seguinte fragmento: "Todos os caminhos lhe estavam interditados. Era como se ela buscasse algo que ainda não sabia o que fosse" (p. 72).

Observamos, na presente obra, a temática da diáspora existencial – essa que ultrapassa os limites do deslocamento puramente físico –, das constantes migrações de Marta à procura de uma redenção que parece nunca acontecer, uma constante insuficiência na busca por apaziguamento. Assim, ela entende que o sentido do existir pode acontecer quando há a libertação de qualquer adereço, de qualquer artifício que a afaste de sua verdadeira essência.

Mas a obra nos deixa em dúvida se é possível alcançar tal plenitude.

Não encontramos fragmentação nas narrativas elisianas, pois elas são de estilo clássico. Sua marca contundente se dá na elaboração das personagens, que sofrem deslocamentos, na maioria das vezes, psicológicos, impulsionando a migração geográfica. Desse modo, consideramos que sua literatura vai ao encontro do que defende a filósofa Simone Weil na obra *O enraizamento*, ou seja, que o desenraizamento "se poderia chamar geográfico". Ao trazer esse traço para a narrativa, Elisa cria personagens como aves de arribação, que não fincam pouso em lugar algum. Isso se explicita no trecho "pairava no ar uma indisfarçável faina de arribação, cada qual tendo mais pressa em evitar a presença do outro" (p. 149).

Nesse sentido, Elisa Lispector é uma escritora contemporânea, porque sua obra, como este tempo histórico pede, nos mostra o ser humano diante da impossibilidade de ser, uma vez que as experiências vividas são insuficientes diante de um desejo de completude. Aqui temos um mergulho genuíno do ser diante de um mundo cada vez mais cindido, com todas as suas fraturas, apontando que o verdadeiro caminho é o enfrentamento e a aceitação do homem diante da sua angústia ontológica; é, através dessa imersão, que ele pode alcançar o sentido da vida, ainda que efêmero. Essa trajetória narratológica da autora é demarcada pela coragem da personagem Marta diante do descosimento do seu ser. Isso nos suscita à reflexão "é preciso imaginar Sísifo feliz", como aponta o filósofo Albert Camus, em *O mito de Sísifo*, pois, ainda que a vida se apresente absurda e incompleta, é importante que busquemos sentido nesse absurdo para que possamos escapar do vazio, como Marta afirma: "Iluminar a casa seria o começo."

A liberdade e coragem de Marta estão na sua capacidade de rompimento de todos os laços, inclusive os da própria maternidade: estar frente a frente com essa solidão absoluta, pertinente à condição humana, é a única possibilidade de experimentar a vida, com seus pequenos lampejos de alegria e eternidade, e começar a compreender que o "suster a vida, uma vida que não é mais que o pulsar do coração de um pequenino pássaro a que o mais leve descuido pode perder" (p. 194). e que a eternidade do ser "era a de um instante, o breve piscar de um vaga-lume" (p. 185).

1.

Marta permaneceu no cais vendo o navio afastar-se lentamente, até não mais distinguir a fisionomia de sua mãe quebrada por um pranto súbito, irrompido no derradeiro instante da despedida, como se apenas nesse momento ela se tivesse dado conta de uma realidade que, embora preexistindo, só agora divisava claramente. Em pouco sua silhueta se foi apagando, confundindo-se com as manchas de cor dos vultos de outros viajantes, depois já não se vendo senão o bojo do navio, até que também este começou a diminuir, à medida que acelerava a marcha em demanda à barra.

As pessoas que se aglomeravam no porto foram cedendo à lassidão do cansaço, dispersando-se vagarosamente debaixo do sol de meio-dia entre debilmente chorosas e secretamente aliviadas da prolongada tensão da despedida, recobrando a consciência da inutilidade de continuarem acenando com os lenços no ar, sentindo-se elas próprias quais trapos moles e pendentes.

Marta saiu andando ao longo do cais, a caminho do centro da cidade, sob uma pesada sensação de angústia. Sentia-se repentinamente gasta, e tão cansada como se já fosse velha, muito velha, e estivesse a ponto de diluir-se, ou de morrer. O sol lhe entrava na retina, ofuscando-a; uma sensação miserável de náusea lhe subia pela garganta, obrigando-a a cerrar os dentes e a comprimir os lábios com força. De vez em quando se detinha a apelar para todo o seu domínio sobre si mesma para poder continuar a andar. Estava esgotada, depois do prolongado esforço de aparentar coragem e não dar a perceber até que ponto a partida da mãe lhe doía, e o quanto a acabrunhara a inesperada demonstração de sofrimento da mãe, apesar de haver-lhe assegurado que era feliz, porque ia ao encontro do homem a quem amava.

"Mas parece que o poço de angústia que há no coração humano é maior e assola tudo. Nem mesmo mamãe foi capaz de escapar."

Podia parecer de ressentimento esse pensamento de Marta, e em outro tempo talvez o tivesse sido. Mas nesse momento era de pura piedade. Toda a sua resistência contra a mãe se quebrara na véspera, quando a vira despedindo-se do pai morto no cemitério batido pelo sol poente. Enquanto caminhava, Marta revia a mãe no cemitério deserto, à luz difusa da tarde, a puxar um pranto comprido, o pranto com que pretendia lavar-se do sentimento de culpa ante a sua felicidade iminente – ela indo juntar-se ao homem a quem amava, enquanto o marido jazia ali, morto, sepultado. Era como se o estivesse traindo, a ele, ou ao passado de ambos, porque o que fora parecia-lhe então infinitamente mais do que o que estava por vir a ser. Mas os soluços que saíam de sua garganta eram secos, cortantes como açoites, mais afligindo que aliviando. Fitando os ombros estreitos da mãe e as suas costas levemente em arco, Marta divisou uma pungente carência de ajuda, como se, prestes a fazer-se ao mundo, ela fosse pela segunda vez a virgem a quem dão em casamento, temerosa ante a possibilidade de engano, assustada ante as surpresas que lhe reservava o futuro. Era como se lhe pedissem mais do que o que ela podia.

E uma nova face de sua mãe se revelara ao seu conhecimento, despertando-lhe sentimentos difíceis de definir, difíceis de suportar. Para deixar a mãe chorar livremente, Marta afastou-se dela e saiu andando por entre as campas de mortos inexistentes. "Porque o que significam uma pedra, uma inscrição, para quem não tenha conhecido o morto em vida, para quem não tenha tido a mão na sua mão, e os olhos nos olhos que foram?", foi pensando, num inconsciente refúgio no plano das generalizações, para logo deter-se na contemplação de um pequeno cortejo fúnebre passando numa das alamedas laterais, os acompanhantes chorando um pouco, alguns apenas sérios, enquanto outros iam até um tanto distraídos. No seu todo, porém, a visão era surpreendentemente tranquilizadora, como a de um desses quadros de tintas esmaecidas pelo tempo, de algo que tivesse parado e olhasse para o espectador através de uma distância remota. Mas o que verdadeiramente vivia naquele conjunto quando Marta o observou mais detidamente era u'a mulher que, pelo visto, nada tinha a ver com o morto. Gorda, mole, largada dentro do seu vestido de florões grandes e desbotados, a mulher estava postada à margem do caminho com um pobre buquê de dentes-de-leão meio murchos na mão e nos lábios um tímido sorriso de emoção e beatitude, tal como ela provavelmente quisera que Deus a surpreendesse – tão boa, tão piedosa, que até pedia pelo descanso de um defunto que não era seu.

O cortejo passou e Marta continuou andando por entre as alamedas desertas e lívidas àquela hora da tarde, quando se surpreendeu com um grito cortando o espaço num arrepio que lhe atingiu as fibras mais íntimas do ser, como se o grito fora menos de um pássaro que de um ente possuído de mágico sortilégio.

Fantasmagórico pareceu-lhe também naquele instante o pequeno trem que fazia lentamente a volta ao morro, no fundo do campo-santo, incendiado pelos raios de cobre do sol poente. Angústia. Desolação.

Com o passar do tempo, um desfalecimento brando e gradativo se foi apoderando de Marta. Sentia-se terrivelmente fraca e vulnerável, quase a ponto de chorar. Mas seus olhos permaneciam secos, ardentes. Então se deteve junto a uma campa e encostou o rosto a um mármore à altura de sua cabeça, a pedra guardando ainda um resto dos raios mornos do sol. E subitamente sentiu um estranho deleite, e o desejo de fundir-se com a pedra, de apagar-se nela, porque ao mesmo tempo que tinha a noção física do volume maciço da pedra, experimentava a sensação esquisita de haver penetrado na sua contextura íntima, na sua vivência passiva e repousante. Mas também se sentia um pouco fonte, um bálsamo suavizante fluindo dentro dela como o brotar de uma nascente oculta, sem que, no entanto, tivesse deixado inteiramente de ser pedra. Então ergueu os olhos para ver no que se configurava o mármore. E eram os pés de um anjo na posição de alçar voo, mas ali, postado como se tivesse sido petrificado no instante, mesmo, de empreender a ascensão. Marta estremeceu a um pressentimento estranho. Mas já o instante de fusão com o anjo havia passado, deixando-lhe um agudo sentimento de perda. E novamente uma realidade que não a sua teimava em abarcar a superfície sob a qual se escondia o núcleo longínquo e essencial de seu ser.

Então ela se afastou do anjo de pedra e dirigiu-se ao túmulo do pai, onde a mãe chorava ainda, alisando o mármore da campa, esse gesto reavivando-lhe a lembrança daquela outra tarde, não muito distante, a do sepultamento do pai, com o ralo cortejo a arrastar-se sob um céu baixo, parecendo que ia chover mas não chovendo, as poucas árvores, na encosta do morro, sussurrando soturnamente ao vento encrespado.

Depois que puseram o caixão numa gaveta escavada na parede do morro – tinha sido esse o último desejo do pai: ser guardado num daqueles túmulos abertos ao longo da muralha – o pedreiro jogou um pouco mais de u'a massa branca, alisou com a colher, bateu, fechou. Marta havia assistido a tudo com assombrosa acuidade, mas sem verter uma lágrima sequer. Em seguida houve abraços, e um resto de choro cansado da mãe, de suas amigas e dos distantes parentes do pai.

"Ele está tão bem agora", foi dizendo a mãe para consolar-se. "Está tudo tão bem", repetiu, alisando a pedra fria do túmulo, enquanto ia endireitando os sentimentos, querendo dispor as coisas com ordem e acerto.

E tudo realmente correra como estava previsto, depois da longa doença do pai – providências para o enterro, flores, acompanhamento, tudo como devia ser. Só num ponto, sentia-se, Eunice estava um pouco espantada, e de certo modo decepcionada também. A morte do marido, tão longamente prevista, mas ocorrida na sua ausência e da qual ela soube por terceiros, foi um pouco como se ele lhe tivesse pregado uma peça, tomado a resolução sem antes preveni-la. Até quase lhe via o piscar irônico, sublinhado por aquele breve sorriso que ela nunca pudera saber ao certo o que queria dizer.

Marta afastou essas lembranças e aproximou-se da mãe para conduzi-la para casa, e de repente se diria que os papéis se tivessem invertido. Ela é que parecia ter passado a ser a criatura que pairava acima de sentimentalismos, dura, como por mais de uma vez a mãe se lhe afigurara, ainda quando sorria e pretendia estar sendo compreensiva e carinhosa, como quando dizia: "Marta está tão emocionadazinha!", ou, quando, querendo demonstrar interesse, perguntava apressadamente: "O que é, meu coração, o que se passa?" e, sem mesmo esperar resposta, já passava a outro assunto, e isto sem falar nos momentos em que manejava a sua mordacidade, ao indagar: "Você não percebe o 'fino' das coisas?", relegando-a, em seguida, a um desconhecimento deliberado.

"E agora é ela quem se transforma numa criatura sensível e carecedora de amparo, tal uma criança."

A esse pensamento, Marta estugou o passo em direção à praça arborizada, e, numa fração de segundo, foi instigada por um pensamento novo que brotou com ímpeto imprevisto. Acabava de compreender que a partida da mãe deixava-a livre. Abria-lhe as portas de uma liberdade tão grande, como jamais experimentara e com a qual nem sequer ousara sonhar, sempre escravizada à influência que sobre ela exercia a mãe, influência tão mais difícil de romper quanto velada pela admiração que secretamente lhe votava. A sua beleza, o seu sucesso mundano! Mas em meio à admiração, tinha de convir, havia também muito de ressentimento.

Ela, Marta, foi aos poucos aperfeiçoando o seu conhecimento do mundo, até chegar a ser o que se podia chamar u'a moça evoluída, sobretudo depois que saiu do subúrbio. Os tempos haviam mudado. Os jornais falavam em guerra, os moços falavam em greves, e as moças, em emancipação.

E ela vivia no seu tempo. No essencial, porém, era como um gato a esgueirar-se muro em fora, escondendo-se por trás das balaustradas. E mesmo no ataviar-se, para se iniciar nos mistérios femininos, era canhestra e desajeitada. "Teria sido por carência de imaginação, ou simplesmente pela falta de objetivo?", perguntava-se nesse momento.

"As outras pessoas sabem o que querem; apoiam-se nos seus desejos, e isso lhes serve de sustentáculo. Ao passo que eu sempre fui indecisa. Era só lançar-me para a frente, e em pouco me perdia irremediavelmente, e irremediavelmente ficava desfigurada", pensou, imprimindo à face um ar resoluto de quem afinal sabe ao que vai.

Já então, como agora, Marta reconhecia a superioridade de julgamento da mãe nas coisas práticas da vida. Doía-lhe era a maneira pela qual ela o manifestava, foi pensando, enquanto relembrava a cena de ainda na véspera de sua partida.

— E este horrível estofo cor de papoula?...

— Eu gosto, mamãe, acho bonito.

— Mal comparando, até parece a sala de estar de nossa pobre prima Otília. Tal e qual – disse, sorrindo com um ar de desprezo. – Bem se vê que você não saiu a mim. E isto aqui dentro, o que é?

— Deixe, mamãe, deixe esse armário como está, por favor. – Mas sua defesa era débil. Marta não possuía a força de persuasão da mãe, nem a sua dureza.

— Está bem, está bem. Aliás, já prometi a mim mesma não falar mais, não dizer mais nada, apesar de ver em você tantas coisas erradas.

— Mamãe, quando é que você compreenderá que está me destruindo, que não suporto mais as suas críticas, as suas zombarias, os seus reparos constantes? Deixe-me viver errado, mas me deixe viver. Já sou adulta, já posso assumir a responsabilidade dos meus atos. – Mas até mesmo essa sua explosão de cólera foi pulverizada pela mordacidade da mãe.

— Desculpe, princesa, se eu a ofendi. Quem é que está prendendo você, quem não a está deixando viver? Agora vai jogar a culpa de seus fracassos para cima de mim.

De repente, pulando de um assunto a outro, a mãe se detém no meio da sala, as pontas dos dedos pousadas sobre os lábios entreabertos em indecisão e espanto:

— Como pude ir atrás da cabeça de Julieta e comprar só três metros de seda para o vestido, pois não era de se ver logo que não daria para as mangas? Só mesmo com a afobação da viagem – desculpou-se. Porque de costura ela entendia, ah, lá disso entendia. Julieta podia levar-lhe vantagem em outros assuntos, como, em menina, na escola, tomava-lhe a dianteira em matemática, em história, sabia-se lá mais em quê? Ela, Eunice, não se aplicava muito nos deveres escolares. Parecia ter algum pendor era para línguas, especialmente o francês. Mas do que ela gostava mesmo, e continuou sendo a sua paixão de sempre, era de ler romances ingleses, desses que falavam das delícias da vida de campo inglesa, dos jardins com gramado inglês, das partidas de tênis, e dos chás. "Como os ingleses são adoráveis! Estão sempre tomando chá!", e os galgos, e as heroínas de "pele branca como leite, lábios róseos, membros delgados". Os heróis, o que eles pensavam e diziam, era até bem maçante, e bem que ela pulava algumas páginas dessas digressões fastidiosas. Mas havia os *garden-parties* tão perfeitos. Ah! suspirava, como quem tivesse alcançado o céu. O que lhe dava pena era jamais ter podido transmitir a Marta o gosto pela leitura. Não, Marta não tinha imaginação – era o menos que podia dizer. "Ah! A imaginação!", considerava, suspirando, sentindo-se preciosa e um pouco lânguida, e pesada, como se estivesse a oscilar dolentemente sobre o dorso do mar calmo e intumescido, as minúsculas ondas, que mais pareciam movimentos de pássaros ensaiando voo, a darem suaves tapinhas no barco airoso que era ela. – A imaginação! costumava repetir, com um sorriso interior de malícia achinesando-lhe ainda mais os olhos oblíquos, sentindo-se como alguém que possui um dom só dele conhecido, um dom que às vezes até lhe pesava um pouco, como se ela fosse possuidora de um grande segredo, ela sabendo coisas que os outros não sabiam.

E acontecia que, de cada vez em que se defrontava com a mãe, Marta permanecia terrivelmente sensível e fremente. Por muitos dias em fora ficava tentando a conciliação com ela, a conciliação consigo mesma, dizendo de si para si que afinal não fora nada, que nada de irreparável se tinha passado. Mas a verdade era que, com o correr do tempo, o antagonismo entre as duas ia cavando mais fundo, e alterando seguidamente a sua maneira de ser.

Mas agora dizia de si para si que era livre, que podia tudo, que nada mais lhe importaria, nem mesmo viver sem amor, se tanto fosse preciso, porque acabava de quebrar-se a corrente entre ela e o mundo. Ela não precisava mais da aprovação do mundo. Marta compreendia, enfim, que era livre? que era só, e o que fizesse, ou deixasse de fazer, a ninguém mais importaria. Podia, de agora em diante, dar-se toda ao seu desespero, se dessa entrega dependesse encontrar o seu caminho.

"Renunciar completamente, definitivamente – talvez esteja aí a solução", pensara muitas vezes. Mas neste momento, pelo contrário, tudo nela a incitava a reivindicar, a acobertar-se. E neste ponto se deteve para considerar que o mais difícil talvez adviesse dela própria. Não. A mãe não tinha razão quando dizia que a filha se voltava constantemente contra ela, porque muito mais certo seria dizer que ela era contra si mesma, de tal modo a sua violência se recusava a ceder, tal a resistência que opunha ao curso dos acontecimentos, ora se esquivando, ora precipitando-os, reincidindo seguidamente no mesmo erro – um erro de essência, de profundidade, que se elevava verticalmente até a sua mais íntima condição de ser e se traduzia numa espécie de desencontro com o seu anjo no momento azado, pois tudo quanto poderia ser daí a pouco repentinamente deixava de sê-lo, ou o era irremediavelmente quando não mais preciso. Jamais ela aceitara completamente, como por não poder vencer a força contrária que a impulsionava. Contrária a que, não sabia. Sabia apenas que essa força existia, e que era a um tempo o seu refúgio e o seu obstáculo, como se através dela se estivesse querendo provar a sua liberdade e afirmar-se.

"Mas o que pode u'a mulher fazer de sua força?", perguntava-se, reconhecendo que mesmo essa força lhe era difícil de usar, por isso que dura, selvagem, que não se entregava nem se deixava amoldar. Difícil de dar-se às pessoas. Ela só possuía intensidade e ardor. Não palavras. Não imagens que pudessem ser transmitidas, assim como objetos que pudessem ser passados de mão a mão. – Aqui tem estes brincos! E este pergaminho. Uma flor. Algo, enfim, que as pessoas pudessem receber e pelo que pudessem identificá-la, querê-la. E tão pouco instruída se julgava das coisas do mundo, que por vezes até se admirava de poder viver por si mesma, sem precisar apoiar-se constantemente nos outros.

A esse pensamento, tornou a resvalar momentaneamente para o desconhecimento de si mesma, e para a falta de fé no seu destino. Caminhava agora vagarosamente, inteiramente despegada de tudo.

"Talvez decorra daí a minha inaptidão para prever os acontecimentos, e a minha crassa ignorância a respeito do que se há de seguir a cada palavra, a cada gesto. Pois, se até para configurar a realidade do momento que passa tenho de arrancar-me de um mundo no qual eu própria me desconheço e confundo, e fazer a escolha de uma de entre inúmeras possibilidades, todas elas igualmente fascinantes, e quantas vezes inconsistentes?"

Esta, reconhecia, a falta mais grave de sua fatal maneira de ser: nunca poder prever a intensidade dos próprios impulsos, a isso se juntando o fato de o que lhe haviam ensinado ter passado por ela sem penetrá-la, porque muito mais fortemente persistia nela o seu próprio conhecimento, aquele que viera com ela e era parte essencial de sua natureza, assim como era seu o sangue que lhe circulava nas veias, e seu o ritmo com que lhe batia o coração, e lhe acenava com um chamamento para um mundo muito mais real do que aquele que o encobre. Mas esse seu conhecimento nem sempre vinha em seu socorro, quando se tratava de abandonar o mundo dos sonhos para emergir à tona. Só quem pudesse amá-la seria capaz de transformar quietude em ressonância, e a sua força em motivos. E, com o passar dos anos de desesperança e de falta de repercussão, ela se foi dando conta da improbabilidade de realizar-se, lograda na sua inútil espera. Então, foi ficando cada vez mais esquiva e solitária, cada vez menos afeita a fazer-se amar.

"No fundo", considerou, "o meu grande mal talvez tivesse sido o de me ter posto demasiado à mercê da necessidade de ternura".

Mas agora era como se a própria fonte de seu amor subitamente tivesse estancado, e o grande obstáculo tivesse sido afinal removido.

"Será assim que se amadurece?", perguntou-se com amargura. Como quer que fosse, aquela ideia que de há muito vinha tecendo secretamente tomou a forma urgente de uma decisão.

"Meu Deus, ajudai-me", murmurou em prece, fraca e aturdida, nem bem sabendo como enveredar pelo caminho dessa decisão que se lhe impunha com tanta urgência, só sabendo que, no momento, era a única saída. E porque antevisse as consequências do seu ato num vislumbre de clarividência que a ela própria espantou, perguntou-se:

"Por que não consigo jamais estabelecer a paz comigo mesma, por quê?"

Ia assim pensando embalada pelo movimento do ônibus, que rodava macio no asfalto amolecido pelo calor intenso. O suor lhe escorria pelas costas, encharcando a blusa, debilitando-a, e tudo, pelo contrário, arrastava-a para um infinito desejo de trégua e cessação. De súbito foi arrancada de seu torpor à brusca parada do veículo. O próximo ponto seria o seu.

Marta saltou na praia, sob o sol a pino que alastrava o horizonte numa imensa fogueira, mal se aprumando sobre o chão seco e poeirento, com a sensação de haver desembarcado de um navio diretamente em meio a um deserto de areias incandescentes. Era também um pouco daquela sensação de desvalimento de quem de repente se vê jogado portas afora, com bagagem e tudo. Então juntou mentalmente os seus pertences, orientou-se e seguiu rua acima, caminhando com esforço pela calçada quebrada para a qual desembocavam garagens, quitandas e um ou outro *hall* de edifício novo por entre as grandes casas antigas agora transformadas em habitações coletivas. E ia tão absorta em seus pensamentos que por pouco não esbarrou numa mulher gorda e despenteada que saiu da porta de um sobrado com enorme cesta para as compras. Mais adiante teve de descer a calçada para desviar-se do lixo que estava sendo varrido de um vão de escada.

De repente, sobressaltou-se com um gritinho agudo por sobre a sua cabeça, bem no momento em que passava sob a janela de uma velha casa assobradada servindo de cortiço. Olhou para cima e deu com uma menininha loura, de rostinho magro e petulante, u'a malícia de adulto brincando-lhe no olhar, fazendo caretas e instigando-a.

Então ela se deteve e sorriu para a menina, como quem compreende o desafio mas não o aceita. A menina pasmou, sua intuição captando célere o pensamento de Marta. Encabulou um pouco, mas logo em seguida redobrou a intensidade dos gritos, ao mesmo tempo que dava pulinhos na cadeira, já agora numa manifestação de franca hostilidade. Desta vez Marta se pôs séria, concentrada, suspensa por um fio de angústia, como se da atitude da pequena dependesse muito mais que a aceitação de parte a parte.

Aí estava o mistério. A magia. Na malignidade gratuita da menina revelava-se mais uma das dimensões do imprevisível, do fantástico! No entanto, aquele sentimento era velho, como a fatalidade revelada através de um presságio muito antigo repetido um sem-número de vezes.

Ante a expectativa de Marta, a menina parou, desarmada, já se misturando à sua pirraça um pequeno sorriso de timidez e de nascente ternura. Esperava, por sua vez, tão pronta a desabrochar numa pequenina flor, como a eriçar-se em espinhos. Então Marta lhe sorriu demorada e carinhosamente. Estavam conciliadas. A fatalidade apaziguada.

No entanto, enquanto subia para o seu apartamento, Marta não podia esquecer a expressão misto de desafio e doçura que havia no olhar da menina isolada, pairando no caixilho da janela como uma figura solta no espaço; não podia esquecer a acuidade precoce e um doloroso sentimento de solidão naquele rostinho magro e carecedor de ternura, acordando-lhe uma sensação de sofrimento na própria carne, como se essa criaturinha precisada de amor pudesse ser sua filha, ou pudesse ter sido ela própria.

Entrando em casa, Marta parou um instante na pequena sala tão familiar agora tornada desconhecida pelo silêncio e a penumbra. E de repente pareceu-lhe que se estava recolhendo a uma cela, e que daí a pouco iria deitar-se sobre um monte de palha, e que a luz se adensaria em trevas, de tal modo tinha a sensação de se haver apartado do mundo e da vida. Em seguida largou a bolsa sobre a mesa e encaminhou-se para o quarto. Abriu a janela dando por cima dos telhados velhos, por entre os arranha-céus nascentes ainda se podendo avistar uma nesga da baía, e estendeu-se sobre a cama larga e desfeita como a deixara com a pressa da saída. Fechou os olhos, e assim permaneceu durante um tempo difícil de precisar, mergulhada num esquecimento comprido, que a arrastava para fora da sua vida presente, cortando amarras, apagando lembranças, como num sonho fantástico em que tudo pode acontecer e, pelo mesmo sortilégio bizarro, de repente para e se transfigura. Mal um pensamento, uma imagem se esboçavam, eram logo esgarçados e substituídos por outros pensamentos e outras imagens. Já a brisa marinha fazia ondular a cortina à suave descida da tarde, quando Marta começou a sair de sua modorra, juntando recordações, concatenando ideias, e, aos poucos, talvez ainda à lembrança da menina, começou a reaver a sua infância – uma infância difícil e distante, tão distante como se fora a infância do mundo, e tão dolorosa e pungente como se fora o próprio vir ao mundo. Só que agora fatos, pessoas e coisas iam gradativamente ganhando em nitidez e em sequência, como corpos vistos através de um microscópio, as lentes ajustadas às proporções devidas, ela se espantando de nunca ter visto tão claro até esse momento. Tinha a impressão de ter andado até então às cegas. Agora reconhecia, identificava. Compreendia.

REVIU ESSE MUNDO, o do começo de seus dias. A aurora. O olhar puro de espanto. O entendimento abrindo-se para a vida, quando apenas começamos a ver, e apreender, a incorporar ao que depois será a própria vida, a experiência, os anos vividos. O pequeno grande mundo de cada um. O mundo como cada qual o concebe e recria através dos olhos, da memória, do conhecimento. "Do conhecimento, tão pobre, precário e contraditório", pensou. Um conhecimento a ser sempre renovado através da prática de muitos erros e de uns poucos acertos, obrigando-nos a retroceder seguidamente para uma retomada de perspectiva; seguidamente ter de encerrar, para começar tudo de novo, a exemplo de uma lição aprendida a muito custo, muitas e muitas vezes passada a limpo. Pois, não é assim que se caminha para a frente? Não é assim que se aprende o ofício de viver?

Havia, com efeito, momentos em que ela por assim dizer recuperava todo o seu passado. Não o passado como o devera ter vivido nos anos idos, com o cego impulso de quem vive o ainda incriado, ou simplesmente se deixa levar ao sabor dos acontecimentos sem participação ativa, mas aclarado por uma compreensão nova e tão aguda que por vezes lhe acelerava as batidas do coração e lhe causava dor e espanto.

Surpreendentemente claros lhe pareciam em tais momentos os dias de sua meninice, as suas descobertas, as suas alegrias e tristezas, ao modo de quem se estivesse debruçando sobre um rio de águas claras e fosse recolhendo as lembranças sepultadas pelo tempo com a facilidade com que colhesse pedras brancas e luzidias jazendo no leito desse rio de águas transparentes.

Mas não era sempre com ternura que se voltava para esse passado, senão também com uma imparcialidade quase cruel, dessa crueldade adulta com que a um tempo nos acobertamos e nos ferimos, ao ver de que erros e culpas são tecidos muitos dos temores, angústias e inúteis tormentos.

"Oh! Deus, já errei tanto. Quanto errei. Permiti que o que eu viva agora não tenha, jamais, que ser retificado", murmurou, contrita.

Revendo nesse momento os anos de sua meninice através da distância do tempo e do conhecimento que, em lugar da pureza original, elegera o discernimento sabido e amargo, compreendia que tinha crescido na solidão silenciosa como um pé de vento se elevando abruptamente na planície. Um mistério casto, sim, mas cego, tocantemente cego e inaproveitado. De que valera perseguir os seus preciosos achados, brilhantes e cristalinos como gotas de orvalho, se depois não sabia que fazer deles? Porque já então pressentia vagamente que a gota de milagre não poderia resplender sempre. Talvez por isso a inutilizasse no instante mesmo do glorioso achado, arremessando-a deliberadamente e com violência para o círculo em que haveria de poluir-se e perecer.

Lembrava-se de como perambulava pelo jardim, explorando o seu pequeno mundo, à cata dos seus pequenos fabulosos tesouros – uma sensitiva que se fechava ao mais leve toque, um besouro, uma borboleta. De súbito acontecia-lhe estacar junto a um milagre maior, e o seu pequeno coração batia descompassado ante o maravilhoso achado. Havia encontrado tombado sob uma árvore um ovinho de pássaro, um ovinho leve, de casca muito fina e evanescente, um pouco frio ao contato dos dedos. Tomava-o com uma ternura trêmula e extasiada, talvez inconscientemente enternecida por aquela pequenina vida em embrião, sentindo-a próxima ao fim, sem, contudo, saber como preservá-la. Então procurava a quem dar o ovinho, para transferir a outrem o legado daquela pequenina vida gorada, pensando em libertar-se de seu encargo, mas não se libertando, porque a sensação de ter tocado no ovinho leve e fresco perdurava na ponta de seus dedos, e a ternura ferida continuava a vibrar, agora aumentada pela nostalgia de um outro milagre que poderia ter sido.

"... Deus, ovinho, milagre frustrado", foi dizendo, nesse momento pensando no feto que vira de certa feita no consultório médico, aonde fora induzida por mais um vislumbre de esperança, apesar de Heitor haver-lhe assegurado, com aquele seu jeito com que pretendia aparentar consternação mas não convencendo, que ele não podia, que, tanto quanto lhe constava, jamais tinha gerado um filho, que era baldado. E de repente ela se sentiu mais fraca e sensível. A penumbra do consultório concorria para tornar o mundo ainda mais sombrio, mais pesado e triste. E, ao desânimo causado pelo diagnóstico negativo, juntava-se a visão daquele feto num vidro sobre uma das prateleiras do armário, como um objeto qualquer no meio de outros objetos, caixas, ferramentas de cirurgia. E, esquecendo a própria frustração, Marta sentiu uma piedade tão grande por aquela pequenina vida que não chegou a ser, mas que já não poderia ser negada. Aí estava a cabecinha tristemente pendida sobre o tronco encurvado, e as mãozinhas minúsculas e esqueléticas cruzadas uma sobre a outra, num gesto prematura e desoladamente conformado, e o pé pequenino, com os dedos já tão bem conformados, escorado de encontro à parede do vaso, expiando ignoradas culpas.

— É o segundo que a mulher expele sem uma causa aparente – explicou o médico, vendo-a absorta na contemplação do feto... – Vou mandar examinar, para ver se descobrimos a causa.

Qualquer que fosse o motivo, pensou ela, aí estava o natimorto mergulhado num sono do qual não chegara a despertar. Marta despediu-se do médico, sentindo um peso muito grande no coração.

— Não pense mais no caso – disse o doutor, referindo-se, evidentemente, ao seu malogro. – Goze os prazeres da vida, aproveite enquanto ainda está moça e tem saúde. Viva o melhor que puder.

— É tão pouco, afinal, o que a vida tem a nos dar... – surpreendeu-se ela a dizer, quase num sussurro.

...E HAVIA TAMBÉM aqueles outros mistérios graves a lhe infundirem cismas e receios. Havia o casarão assobradado e escuro no subúrbio distante, na rua deserta, sempre quieto, os salões fechados, as persianas descidas. O pai, quase sempre ausente, internado no sanatório, e a mãe, pouco se demorando perto dela.

De resto, mamãe estava quase sempre de saída.

Mesmo depois de Marta crescida, e parece que então sobretudo, as amizades da mãe eram todas portas de casa para fora, como por não gostar de ser vista em companhia da filha, tão igual a ela, e ao mesmo tempo tão diferente.

Em presença de Marta, sentia perigar aquela segurança que elegera em fascínio e que manejava tão perigosa e voluptuosamente como quem manejasse um dardo em excitante combate. Era um pouco como se a presença de alguém de seu sangue fizesse oscilar aquela linha tão sutil sobre a qual construíra a sua singularidade, o traço comum de família podendo fazer encurvar o plano sobre o qual alicerçara a sua magia. Embora fosse ela a mãe e Marta a filha, apresentando-se as duas, seria o mesmo que dizer: eis a raiz de que sou tronco. E já o que nela parecia algo assim de cunho raro, duplicado, resvalaria para o sentido banal de um signo de estirpe.

Defrontando-se com a filha, Eunice via com desgosto que até mesmo aquele ligeiro estrabismo que a ela lhe emprestava um quê de sabida malícia, na filha denunciava uma falha, um prejuízo, assim também a sua face levemente angulosa, e o seu corpo magro.

Tornando a voltar-se para o passado, Marta revia a mãe enrodilhada no divã, distraída, mordendo o indicador, enquanto escondia na concha da mão uma das muitas balas que chupava às escondidas, Marta sabendo, mas numa atitude condescendente precocemente adulta, fazendo que ignorava. Pois, muito mais que a gulosa avareza da mãe, doía-lhe a sua incompreensão para os seus infantis sofrimentos primeiro, depois para os seus espantos e angústias de adolescente.

Numa reversão subconsciente ao tempo ido, Marta se reviu na loja de calçados, com a mãe, e, ante a sua recusa do modelo por ela escolhido, e a manifestação de sua preferência, a mãe exclamar com sarcasmo: "Vaidozinha, hein?" E a dor e o espanto daquele instante reviveram nela com a violência de um baque surdo, como uma pedra que cai no coração. O terror ao descobrir que não nos podemos apoiar nem mesmo nos que mais amamos.

Mas em mistura com a mágoa, havia excitação e fascínio no modo pelo qual Marta se aproximava da mãe, sobretudo quando entrava no seu quarto e a surpreendia a mover-se desembaraçadamente naquele seu mundo feito de fantasia e um pouco de aberração: o xale cigano cobrindo uma das paredes, as caixas de porcelana pintada e os bibelôs enfeitando a penteadeira; no ar, u'a mistura de odores de cosméticos e de cigarro. E desse bricabraque emergia u'a mulher fina, elegantemente trajada, manejando a longa piteira com um ar um pouco de atriz e de fada. Porque havia fascinação e mistério no modo pelo qual Eunice prolongava as suas vigílias até altas horas da noite, no quarto de vestir, remexendo nos seus guardados, como uma feiticeira a mexer os seus caldos alquímicos, armando blusas, enfeitando chapéus – chapéus de abas muito grandes que ela sabia usar com rara dignidade –, construindo pequenos milagres de quase coisa alguma, com que em seguida se ataviava com uma vaidade um tanto impudica mas que ainda assim, e talvez por isso mesmo, deslumbrante para a menina expectante e tímida que ela era.

Pois era uma grande vida, a que a mãe se dava. Se bem que... se bem que algumas vezes denunciasse extrema fragilidade, e aparecesse um pouco desfigurada, sobretudo pela manhã, ao deixar o leito, quando se destacava a sua testa alva, um pouco abaulada, encimada por um tufo de cabelos oxigenados e frisados, os olhos fundos, na face pálida e levemente encovada, olhando para fora com um pouco daquele espanto e desamparo de um mico. E nessa comparação não havia, da parte da filha, intenção depreciativa alguma. Marta ainda estava na idade em que uma pessoa é uma pessoa, um mico, um mico, uma cadeira, uma cadeira, cada qual soberano no seu papel, todos fazendo parte do grande mistério.

Tornou momentaneamente a vê-la com olhos de adulta – ou será que em criança eu já o percebia? Meu Deus, como é fraca a memória, e quão difícil é dizer se agora, antes, ou mesmo depois, quando se trata do rio do tempo, vago, profundo, envolvente, e incrivelmente irreal e transitório. E pensar que eu sempre recriminei em mamãe a sua falta de memória...

Neste ponto ela teve um breve sorriso de ternura para com a mãe, um sorriso pequeno, indulgente, ao recordar que, por saber-se incapaz de reter um nome ou uma data, com o passar do tempo, a mãe já nem se dava mais ao trabalho de tentar o esforço. Mesmo quando, por polidez, era obrigada a prestar atenção ao que lhe diziam, distraía-se em acompanhar o jogo fisionômico do interlocutor para, no momento de ser interpelada, responder com a mais santa franqueza: – Como é mesmo? Não sou muito entendida nessas coisas.

A isto lhe sobreveio uma sensação de angústia, ao recordar um trejeito muito seu – a mãe sorrindo com o canto dos olhos amendoados, as pálpebras fortemente pintadas nas bordas, enquanto disfarçava, mordendo o lábio inferior. Era a sua maneira de simular que a tomava a sério. Então, o sentimento em que Marta pretendia apoiar-se junto à mãe descambava, deixava de ser um sentimento de verdade, para ser um malogro. Ela era enganada na ternura que esperava da mãe.

Mas, pensando bem – agora o seu sentimento para com a mãe era de remissão e ternura –, compreendia que também os brinquedos que lhe davam não eram verdadeiros, a alma do brinquedo escapando ao seu domínio, enquanto ela ficava a tecer sonhos ao sabor dos movimentos de uma folha, que se desprendia da árvore e vinha, doce e trêmula, fazendo suaves evoluções no espaço, até pousar mansamente no chão; ou a acompanhar o voo de uma borboleta, que se abria em milagres de azul, quando não era esmaecida como uma pétala branca, ou riscava o gramado de amarelo-ouro. De outras vezes detinha-se a surpreender a água escorrendo fresca da nascente, e se esquecia tentando adivinhar o mistério com que a terra sorvia o líquido para transformá-lo em seiva escura, profunda, de onde até podia surgir gloriosa u'a minhoca bem clara e sinuosa, ou alguma outra forma de vida antes insuspeitada, talvez que até sem consistência nem cor definidas, levemente evanescente, pura e nova.

De repente uma formiga andando parava, indecisa, com a perninha de graveto minúsculo erguida no ar, procurando o caminho, depois ia para um lado, e outro, não sabendo de que tamanho é o mundo, nem até que ponto ela se achava distante do seu formigueiro. Marta observava, o rosto pálido, a expressão concentrada num pensamento difícil que aos poucos se ia esgarçando a esmo, até que a quietude e o cansaço a venciam e ela terminava muitas vezes cabeceando e caindo no sono ali mesmo em meio ao seu mundo de magia e solidão. É bem verdade que havia Nero, o grande cão preto. Com ele a menina vadiava pela margem do riacho em fora. Mas Nero só compreendia os afagos que ela fazia na sua cabeça grande e negra. Se, porém, lhe falava, se lhe dizia Nero, estou triste, Nerozinho, querido, tenho medo, que é que eu vou fazer? Nero olhava bem dentro dos seus olhos, emitia um latido fino e prolongado como um choro, e só. Quando não acontecia fechar os olhos e abrir desmedidamente a boca, num grande desfastio, depois dar umas voltas em círculo sobre o mesmo lugar e deitar-se, enrodilhando o dorso, descansando a cabeça gigante sobre as patas dianteiras. E isto era Nero. Se por vezes ainda entreabria os olhos, via-se que estava esquecido do mundo, perdido numa abstração só sua, feita de só paciência, de só espera.

Pois havia coisas que lhe infundiam medo, sim. Ir para a cama era uma delas. Não que não gostasse de dormir, até que gostava muito. Mas antes teria de atravessar a pausa que se seguiria à separação da presença protetora da luz, e dos objetos contidos na claridade, até alcançar o refúgio no sono, pausa durante a qual caía num túnel escuro e demorado, para só acordar no dia seguinte ao som pontiagudo do canto do galo. Como invejava as pessoas grandes, que estavam protegidas contra o medo, a angústia e a solidão. Mas isso ela só pensou até o dia em que, pela porta entreaberta do quarto da tia Adélia, surpreendeu-a de joelhos junto à gaveta da cômoda, remexendo silenciosa e lenta nuns papéis velhos e fotografias amareladas, minguada na sua ternura recalcada, a face murcha e acinzentada como o cinza de seus cabelos, os dedos secos muito trêmulos. Então compreendeu muito confusamente, mais através de um pânico a jogá-la num tumulto muito grande, do que, propriamente, de um pensamento que pudesse traduzir em palavras, que também a gente grande era de algum modo indefesa, e que, desamparada, movimentava-se dentro de um grande círculo de solidão. Essa ainda a impressão que lhe ficou daquela outra manhã em que, entrando na cozinha, pé ante pé, a imaginar uma travessura, deteve-se a contemplar a velha Manuela dobrada sobre a peneira na qual catava feijão, tendo a fisionomia alongada pela tristeza, movendo de quando em vez os lábios descaídos, a dizer para si mesma pequenas coisas sem ressonância. Então bateu em retirada, à intuição de uma ameaça mais grave cujo sentido escapava ao seu entendimento. E havia aquele outro medo maior e mais terrível, o medo da morte, à lembrança de tia Adélia morta. O seu rosto fino e comprido tomou a cor do marfim da estatueta chinesa de sobre a estante, a face enxuta, os olhos encovados, a boca fechada sumida na sua neutralidade de estatueta chinesa. As mãos, também de marfim, de dedos secos, como hastes ressecadas, as unhas amarelas da cor da pele amarelada e encarquilhada. Onde residia o sentido de suas mãos era na forma pela qual estavam entrelaçadas – pensava Marta agora – não em inerte abandono, como se costumam juntar as mãos dos mortos, mas como se as tivesse entrelaçado ela própria, antes de haver exalado o último suspiro, naquela mesma atitude que já se havia arraigado em hábito, em vida: fortemente cerradas, guardando o seu segredo, que foi a sua derradeira vitória, resguardando a força dura com que soube manter-se virgem e solitária pelos anos em fora, em desagravo ao amor traído.

E havia a desolação do internato. As salas grandes e inóspitas, os dormitórios frios, os deveres, a disciplina. Ela ora elegendo u'a menina para modelo, ora outra, mas logo se cansando de imitar para recair em si mesma. E havia aqueles dias em que o tempo simplesmente parecia ter parado, de tal modo encompridava e emudecia, ela, de rosto colado à vidraça do dormitório, esperando. Um olho brilhava na escuridão, como uma boia cega oscilando sobre o mar em trevas, velando, sentencioso e grave, atento a ver de onde irromperia a explosão pejada de perigos, como se a tentação de perder-se lhe fosse ditada pela sua fatalidade. Pois se diria que desde cedo ela trazia em si a fatal vocação de perder-se, a realidade circundante não lhe bastando. Então pensava nos muitos anos que provavelmente ainda tinha à sua frente, e se afligia por não saber de onde lhe adviria o conhecimento necessário para vivê-los. Adiantava dizer farei isto, ou aquilo, se parecia que cada pessoa já nascia como destinada a desempenhar um papel específico, a exemplo das figuras de um jogo de xadrez – cada ser uma figura singular, enclausurada numa solidão só sua, duramente cerceada pelas próprias limitações?

Às vezes detinha-se diante do espelho, o rosto aflorando novo, ainda orvalhado de adolescência e de inconsciente lirismo, o lirismo feito do contentamento da descoberta da vida, da cega esperança de domar a vida. Mas a certeza sobre si mesma nem sempre lhe bastava. Mesmo então já tinha a intuição de que precisava experimentar-se sobre os outros, porque cedo pressentiu que do grau de reconhecimento de sua força por parte das outras pessoas dependeria a sua vitória. Então exercitava-se numa crueldade deliberada, vazada ora sob a forma de ira violenta, ora de turbulenta alegria.

"Marta hoje está alegre", comentavam as meninas, sentindo-se ameaçadas e furtando-se às suas investidas.

Neste momento Marta media o tempo e a solitude de sua vida de menina através de sua sensibilidade de adulta, a angústia se avolumando, engrossando como um grande rio de cinzas e lavas, porque só agora compreendia verdadeiramente quão temerário é viver, apreendendo o sentido dessa longa tessitura de palavras e gestos, de idas e vindas, de encontros frustrados e de esperas aparentemente inúteis, mas que se diriam necessários para fechar o círculo inalterável de cada um. "Sem isso", pensou, "ficariam como esboços inacabados, os movimentos como em pesadelo, iniciados, mas por uma absurda interferência cortados a meio, e contendo em si tamanha caudal de energia que, se fosse desencadeada de uma só vez, seria de consequências imprevisíveis".

A CORTINA FLUTUOU DOCEMENTE à aragem mansa da tarde, uma tarde deserta, sem apoio em coisa alguma. Marta ergueu os olhos para a cortina branca ondulando ao vento como um aceno, e aquilo momentaneamente lhe fez bem. Mas o instante de amenidade durou pouco, e ela tornou a submergir no pensamento que vinha tecendo secretamente um cerco em torno dela, sem que se pudesse dar conta desde quando, nem como tivera início, só sabendo que era arrastada por aquela vertiginosa sensação de pedra rolando solta no espaço infinitamente rarefeito e elástico. Compreendia cada vez mais claramente que não poderia protelar por mais tempo a resolução que se lhe impunha.

Sem ressentimento, apenas como quem chega à conclusão de que as coisas são como são e não podem ser de outra forma, fitou o retrato do marido sobre a penteadeira. Fitou-o completamente desarmada, analisando, sem paixão, o seu olhar calmo e um tanto zombeteiro, o rosto agudo e fino, a marca de um talho sobre a sobrancelha esquerda emprestando-lhe aquele ar levemente petulante e provocador. Lembrou o seu corpo longo e magro, as mãos morenas e nervosas, o tom de voz sereno, em contraste com o seu temperamento instável e irrequieto, e perguntou-se o que, por baixo de tudo isso, a havia atraído para ele, apesar do inicial antagonismo, pois, não havia como negar que mesmo no começo, muito confusamente embora, ela já adivinhava nele aquela face obscura e fugidia, uma face negra que fascinava e aterrava a um tempo. Mas isto ela sabia traduzir em termos objetivos agora, depois de mais de dez anos de vida em comum com Heitor. Mas que sabia aos vinte anos, quando já então poderia ter sido uma criatura ponderada, não passando, no entanto, de um ser tímido e indócil, indócil para crer no que não fosse gerado pela sua imaginação, toda ela só expectativa e frêmito, só descobertas e deslumbramento? Daí, talvez tivesse sido o contraste entre Heitor e Henrique, o que fizera com que buscasse refúgio em Heitor. Henrique, tão do agrado da mãe, era todo estabilidade e método. Sabia também, e isto ela compreendeu mesmo então, que não eram só os seus olhos agrandados pelas lentes muito grossas, nem as suas mãos robustas de dedos muito fortes e curtos o que a aterrava. Havia algo mais aterrador em Henrique. Adivinhava nele uma retidão que iria até à inclemência, até à crueldade. Era a mesma severidade do professor de matemática, no colégio, o mesmo ar carrancudo do inspetor médico, na enfermaria fria e cheirando a desinfetante. Secretamente, compreendia agora, era aquela mesma repulsa e o ímpeto de fuga com que se esquivava às mãos gordas e pesadas com que a apalpava o inspetor médico nos exames de saúde do internato. Isto ela via neste momento com uma clareza tão espantosa que lhe acelerava as batidas do coração. "E o que, afinal, a atraíra para Heitor?", indagava no seu afã de dissecação e impiedosa análise.

"Talvez tivesse sido a leveza de seus gestos, a agilidade de seu pensamento. Talvez", aduziu cruel consigo mesma, "a própria irreflexão, a sua inconsequência, acenando-lhe com um modo de viver fácil, sem maiores cuidados nem compromissos".

A este pensamento, não pôde deixar de recriminar-se. Estava-se flagelando gratuitamente. Injustamente estava ensombrando algo que, em seu início, tinha sido belo.

Abstraindo por um momento a realidade dos anos amargamente pensados e sentidos que se seguiram, Marta retrocedeu no tempo, de repente surpreendendo-se em abarcar um período que datava de antes, mesmo, de ter conhecido a Heitor. Revia o adolescente delgado, de tez morena, os olhos velados de sonho, que um dia encontrara numa estação balneária, perturbando-se e sabendo que o perturbava, revendo-o, pelos anos em fora, em cada olhar quente e sombreado, em cada rosto sutil, em cada estremecimento de um pensamento irrevelado. Mas, voltando o pensamento para Heitor, não podia negar que tinham sido felizes nos primeiros tempos em que se conheceram – uma felicidade feita de tão pouco, em verdade, e, no entanto. Tudo era novo, intangido ainda.

DE COMEÇO, FORA a estranheza. O medo de ousar, assim como o receio de apanhar um objeto de mau jeito. Depois foram as pequenas intimidades e a mostra, de parte a parte, das arestas de cada um, cada qual fazendo empenho em dar-se ao outro por inteiro – de minha parte, pelo menos, emendou ressentida. Foi assim que, aos poucos, ela se foi aproximando de Heitor, familiarizando-se com os seus escondidos temores, e as suas manias, e até mesmo com os mínimos instrumentos com que ele ia compondo a sua vida. Os seus livros, as gravatas, o maço de cigarros, o isqueiro. A tal ponto identificando-se com o território dele que, em breve, era como se ela própria fosse uma das tais coisas com que ele vivia, de que dependia. Mesmo a expressão que ela armava a um pensamento muito seu, e ela diria que profundo, mudava gradativamente, à medida que se ia deixando arrastar pelos pensamentos dele, pela manifestação de seus sentimentos. E, durante longo tempo, pareceu-lhe que estava na sua natureza o deixar-se absorver pela maneira de ser de Heitor, num constante dar de si, num permanente anular da própria vontade. Nunca a violência, jamais o coração fechado em dureza. Toda ela só aceitação.

"...e nada para encher o vazio que se ia cavando por baixo dessa conformação", deu-se conta um dia, aterrorizada. "Meu Deus, como vamos mudando através dos anos, e quanto muda o amor ao nosso amadurecimento ao pé da vida, desta vida feita de contactos quotidianos, de obrigações, de necessidades", foi pensando, enquanto se encolhia, de repente sentindo frio. Lembrava-se dos poemas que ele lhe dizia, e dos poucos passeios que fizeram juntos, porque mesmo então ele já se ausentava muito – compromissos de sua profissão de crítico teatral, que dizia ser mais fácil desempenhar quando sozinho. Veredas a ela interditadas, quem sabe os descaminhos, afanava-se ela com um pensamento indecifrável e incômodo, pulando por sobre um obstáculo duro, difícil de remover, para concentrar-se por um instante na lembrança das carícias de Heitor que tinham o poder de enternecê-la até o âmago.

Também ele falara, a princípio, de solidão – a solidão que sente todo ser dentro do mundo, viria ela a compreender mais tarde, não aquela em que ela se estiolara nos anos que o precederam – e, com isso, de repente se lhe afigurou que a solidão de sua vida havia terminado. Era o mundo recriado. O renascer. Não mais os sentimentos duramente represados, não mais a água estagnada, dizia consigo, leve e fremente como um veleiro a fazer-se ao mar à tênue luz da manhã. Mas não tardou que ele se fosse fazendo cada vez mais cioso de sua liberdade, cada vez dizendo menos, fechando-se, não propriamente em si, em todo caso num círculo a ela inacessível.

"Loucura, pensar que ainda poderíamos tornar a ser felizes", disse consigo, saltando da cama e fechando bruscamente a janela, que batia à viração da tarde, de repente descambando para uma cólera violenta, tão mais violenta quanto voltada contra si mesma, pois acabava de compreender que falhara, que todo o seu sofrimento fora em pura perda.

"E acaso teríamos sido realmente felizes? Não vivi eu me enganando durante todo o tempo, durante sempre?"

O desconcerto. A mágoa. Recordava agora como dispusera as coisas, o aluguel do apartamento, a compra e o arranjo dos móveis, e o resto. As estacas, os anteparos ao quotidiano. Heitor, muito sério, escutando-a atento e concentrado, uma concentração feita de examinar, deixar, aprovar. Nunca, porém, tendo tempo para ocupar-se verdadeiramente disso. De uma coisa lembrava-se haver ele disposto: começara a dar lições de francês a algumas alunas, em domicílio, que continuasse. Até serviria para ela se distrair, disse-lhe todo compreensivo.

Bem que a mãe de início se opusera ao casamento. Não via futuro na profissão de Heitor. A sabida previsão do tronco maturo. E, com aquele jeito com que a ouvia, em criança, dizendo distraidamente "O que, meu amor? Sim, meu coração", ouviu a sua confissão de amor por Heitor, procurou dissuadi-la e tratou de esquecer o caso. Mas, ao aperceber-se da firmeza de Marta, surpreendeu-se.

"Imagine-se", comentou mais consigo mesma, como a fazer uma grande descoberta, "criam-se os filhos, amando-os, e secretamente acalentando a esperança de que venham a ser isto e mais aquilo, e no final...", concluiu alçando os ombros, completamente perdida. No fundo, Eunice não se havia dado conta, ainda, de que a filha crescera, a sua filha tão pequenina, tão bisonha.

"Hum", comentou com ar reticente. "Nunca se sabe até onde podem chegar essas criaturinhas tímidas e medrosas. E vá a gente fiar-se nelas. Ah!... o amor!", acrescentou em tom dramático. E tratou de encomendar o enxoval.

Em verdade, porém, Heitor jamais lhe havia dito que a amava, observou Marta, como se a cumplicidade que se estabelecera entre eles a um aperto de mãos, a um olhar abismado no olhar, devesse bastar-lhe. Heitor jamais havia aludido claramente a mulher alguma em sua vida, mas também isso, compreendeu ela mais tarde, deveria ter sido subentendido, pela maneira por que ele fizera questão de frisar que continuaria a cultivar o que chamava as suas amizades femininas. Desse modo ele resguardava a sua liberdade em relação a ela.

Era assim que, após casados, ele entrava em casa e saía, sempre gentil, delicado, indiferente – indiferença total quanto ao que ela fazia com o seu tempo, o seu dinheiro, a sua vida.

Marta o contemplava perplexa, precisando retroceder nos anos, e no conhecimento dele, para tentar reavê-lo, retomando seguidamente o que seguidamente rejeitava. "Porque em que outro esteio se apoiaria a reciprocidade de ambos", dizia consigo, "senão na aceitação da totalidade da maneira de ser de cada um?" "Ah, as vezes em que ele era falível, e as vezes em que ela própria errava", pensava, perguntando ao mesmo tempo de si para si até que ponto aquela atitude de Heitor correspondia ao seu temperamento, e onde começava o seu propósito deliberado de demarcar os limites que os separavam, de vez que, no fundo, ela permanecia solitária. Ah, a conformação às criaturas no que elas são. O penoso esforço de constantemente erigir a fé nele, e a fé em si mesma. "Disso é que é feito o amor?", indagava dela mesma. Ele, ignorando o despontar da estranheza de Marta, continuava obstinadamente a levantar os muros de sua fortaleza, porque obscuramente adivinhava nela um ardor que, se permitisse, terminaria por arrastá-lo para fora de si, aprisionando e comprometendo-o irremediavelmente.

Por outro lado, Marta não podia deixar de render-se ao fascínio que exercem sobre ela os seus movimentos elásticos de galgo, fascínio pelas suas mãos aveludadas, suas mãos tão sabidas que por vezes lhe infundiam uma indizível sensação de terror, e pelo seu jeito de dizer "querida", tão maquinal que não chegava a conter um pingo de ternura, mas que ainda assim era um chamamento, e pelos seus olhos de expressão maliciosa de um fauno, ela se mirando neles e por vezes não se encontrando. Uma doce mentira... u'a mentira.

Sim, pois não restava dúvida de que havia mentiras envolvendo o seu modo de querê-la, que havia mentiras envolvendo toda a sua vida – uma vida que era só dele, ele vivendo as suas coisas, mexendo-se nos interesses só seus, embora não muito difíceis de adivinhar. E era nesse ponto que Marta o apanhava em falta: os segredos de Heitor careciam de profundidade e mistério. "Sua vida secreta era essa coisa que qualquer um poderia adivinhar", pensava com um suspiro em que havia tanto de decepção quanto de um certo alívio.

"Eu não presto", costumava Heitor dizer com um pouco de conformado desgosto, não sem um tanto de jactância, quando, ao seu ar maduro e sofrido, juntava-se um pouco daquele ofuscado espanto do menino apenas se iniciando no seu destino de homem. E, olhando para dentro dele, parecia a Marta que somente ela seria capaz de divisar-lhe o fundo toldado e a um tempo deslumbrante. Foi por isso que o quisera, por pressenti-lo tão fraco e falível? – perguntava de si para si, já agora se justificando, e se comovendo, porque a verdade era que as pessoas que acertavam sempre atemorizavam-na um pouco. E, pois, quando ele chegava de suas andanças noite alta, com aquele seu jeito de cão batido, esboçando um sorriso que pretendia ser de escusa mas que agravava ainda mais a sua falta, parecia-lhe que somente ela seria capaz de acolhê-lo, de aceitá-lo em conformação, pois sentia obscuramente que, de certa forma, as suas naturezas se assemelhavam.

Heitor, também ele se comprazia com ela e a um tempo se desgostava um pouco. E Marta o sabia. Ele aceitava o seu aspecto um tanto negligenciado, de cabelos em desalinho, o seu ar sonolento, o seu todo vago e bruxuleante. Era a parte da fatalidade que tocava a ele. A verdade era que Marta parecia conformar-se com o que era, no fundo tendo um certo desprezo por si mesma, e pelo que lhe ia em torno. O que não impedia que em certos momentos olhasse o mundo com tanta intensidade, e projetasse tamanha nitidez sobre as coisas que por assim dizer clarificavam tudo, e se transformava ela própria. Nessas ocasiões quase chegava a criar impulsos capazes de redimi-la de suas limitações. Mas se continha a uma ameaça iminente, rumando pressurosamente de volta para o plano no qual conseguia erigir o seu frágil equilíbrio, pois que era silenciosa, arredia, mas não tranquila. Faltava-lhe aquele lastro do senso comum que possibilita a compreensão do mundo e a situação dos seres dentro da vida.

Entretanto, Marta sentia que ia perdendo terreno, que sua vida com Heitor se ia esgarçando. Então pensava que, se conseguisse dar vazão àquele seu desespero calcado, ela chegaria até ele, de vez que o ódio liga tanto as criaturas quanto o amor. Mas no dia em que explodiu em cólera, exclamando:

— Não suporto mais estas suas ausências tão demoradas. Ou será que você pensa que...

Heitor interrompeu-a com uma calma estudada:

— Depois falaremos sobre isto. Quando eu chegar, à noite, conversaremos com vagar. – Sua expressão era séria, tão séria e condescendente como se ela fosse uma tolinha e tivesse cometido uma gafe, ele sendo suficientemente superior para perdoar-lhe. Nessa noite demorou-se fora mais que de costume. Apegado ao meio-termo de sua plácida indiferença, recusava-se a tocar nos extremos. Os sentimentos totais, fossem de amor ou de ira, fatigavam-no demasiadamente.

Não a rudeza, não a violência, pensou Marta, sentindo que o desânimo lhe sugava as forças até o fim, porque a atitude cordial de Heitor inocentava-o diante de sua impetuosidade. Era como se ela tivesse caído numa armadilha que ela mesma tivesse preparado. Com o passar das horas, foi descambando para o abandono de si própria, vergando como um mastro quebrado. Quando ele voltou, ela o fitou com olhos estranhos, uma calma muito grande a modelar-lhe os gestos, o silêncio envolvendo os seus pensamentos. Havia concluído pela inutilidade de qualquer intento de aproximação.

E o que tinha começado com ausências prolongadas, ermo, solidão, agora se continuava com silêncios premeditados. As estudadas indiferenças de parte a parte. Tudo ela suportou até o dia em que lhe perguntou o que verdadeiramente significava para ele. Silêncio da parte de Heitor, ele fugindo com os olhos, como se estivesse sendo acuado. Um silêncio incômodo durante o qual Marta teve a impressão de mirar-se num espelho partido, onde uma vista ficava num plano diferente ao da outra, a boca solitária, o queixo situado num fragmento de vidro à parte, a testa pairando solta como um pensamento que não encontrou pousada. Em seguida, com serenidade e brandura, a querer consolá-la, que não ficasse magoada, não. O movimento da cabeça de Heitor num e noutro sentido reforçava a negativa que pretendia ser tranquilizadora. Os olhos, pretensamente sérios, zombavam. Que eram só aqueles impulsos isolados, lhe disse, como os do falcão ao perceber a gota de sangue. "Uma frase feita", pensou Marta com tumulto no coração, enquanto ele continuava falando: – Mas que lhe queria muito, que não ficasse triste, não. Ela continuava a ouvi-lo, mas tão abismada em seus próprios pensamentos que só muito confusamente se foi avizinhando do sentido do que ele lhe dizia. E, quando o entendimento abriu-se inteiramente às suas palavras, sentiu um choque, como a uma parada brusca. Algo havia cessado. "É como se o pano tivesse descido, depois de um ato demorado", pensou, recorrendo também ela a uma frase de sentido figurado, mas que, no mesmo instante em que a delineou, se lhe afigurou de um monstruoso mau gosto. Durante algum tempo ainda permaneceu atenta ao tumulto daquela densa realidade. Depois, mais serena, esquecendo a si mesma e tentando alcançá-lo no essencial, pensou no quanto ele devia odiá-la por havê-lo induzido àquela revelação. Mas já o caminho estava cortado, sem nenhuma possibilidade de comunicação. Então ergueu-se da poltrona e foi à cozinha fazer o café, pois que era preciso conduzir a vida, dar-lhe sequência.

Enquanto a via pela porta da cozinha entreaberta enchendo a vasilha de água, de dorso vergado, como se estivesse tentando aplacar uma dor muito grande nas entranhas, ele considerou com tristeza o seu jeito de animal solitário, sabendo que, se a amasse, ela deixaria de enrodilhar-se no desespero. Mas ele não podia. Não a desilusão, não o cansaço, mas um vazio que o impedia de dar-se numa medida maior que essa sua amável galanteria.

"Impossível ir além de mim mesmo", dizia consigo, numa débil escusa. No entanto, sentia que a situação exigia dele uma atitude. No fundo, estava mais agastado consigo próprio do que com ela. Contra a sua expectativa, tinha ido demasiado longe. Não que ele acreditasse poder remediar as coisas, mas, enfim, faria a tentativa, apesar do grande enfado que o dominava. Como se ele não tivesse também as suas preocupações. Como se tudo fosse em termos de amor, de sentimentos mornos, compassados, ele ainda sob o efeito do acabrunhamento da véspera.

Havia começado relativamente bem, um lance seguindo-se ao outro, depois o jogo se animando, e aquela sua insatisfação a que nunca soubera dar nome de repente sendo varrida pela volúpia que o arrastava com o atordoamento de quem está num carrossel, atirando-o vertiginosamente para fora da vida corrente, renovando uma vez mais aquele prazer da procura e da repetição, e o da improvisação, o gosto pelo desafio e a perseguição, e novamente aquele pânico voluptuoso ante um lance que poderia decidir a sorte do jogo. De súbito aconteceu aquilo: uma cartada infeliz, ele se tinha perdido, e se endividara.

Agora, enquanto se aproximava de Marta, ia abrandando a um imenso cansaço, dizendo consigo que mesmo em relação a ela. Não, pensou com certa gravidade. Com ela não era o mesmo que com as outras mulheres. Só que Marta dificultava muito as coisas. Tomou-a pelos ombros. Falava-lhe. Marta ouviu calada o que ele dizia, mas não se enterneceu, nem se exasperou, porque suas palavras já não possuíam o poder de atingi-la. Ela estava emparedada dentro do seu sofrimento como um morto dentro do seu túmulo. Acabava de compreender que não havia mais uma razão na qual se pudesse apoiar, que o que ela pretendera que fosse simplesmente jamais existira.

Entretanto, não foi nesse dia, nem nas semanas e nos meses que se seguiram que ela pensou na separação. Escravizava-a ainda um resto de ternura, e um sentimento de fidelidade, embora no fundo não soubesse bem se em relação a ele, ou a si mesma.

Em suas longas noites de solidão e espera – porque ele não tardou em relegar o sucedido para o esquecimento, e os seus hábitos continuaram inalteráveis – Marta ficava meditando, às vezes atendo-se a pensamentos que analisava de um modo inteiramente impessoal, como quem

tenta decifrar uma fórmula matemática, para chegar a conclusões igualmente impessoais, como, por exemplo, o de que o conhecimento do mundo só se concebe através da dor, ou que: o amor devera ser um sentimento feito de só leveza, e serenidade, que não comportasse angústias, nem mesmo esperanças, só amor no amor, sem que ninguém se perdesse nele. Depois se cansava desse jogo de palavras e se obrigava a pensar no que realmente importava, no que devia fazer, no que devia dizer-lhe. Mas neste ponto retrocedia, sentindo que as palavras enfraqueciam a sua determinação à medida que as ia alinhando, formando-
-as com o sangue de seu surdo desespero. As palavras vazavam o seu desespero, era isto, sim, tiravam-lhe toda a força que porventura ainda lhe sobrasse. Então desistia momentaneamente da urgência de uma decisão, para entregar-se ao desejo de perder-se no esquecimento. Tinha vontade de encolher-se no leito, desejo de que fizesse frio para que ela pudesse agasalhar-se muito, enrodilhar-se toda e fechar os olhos ternamente. Talvez conseguisse dormir. E quando lhe acontecia permanecer muito tempo na escuridão do quarto, aconchegada ao leito, às vezes sobressaltava-se ante a impossibilidade de levar o pensamento adiante, a demorada imobilidade nesse estado de meia sonolência já parecendo o prenúncio da perda da luz e da vida. E, se um estalido na madeira seca do guarda-roupa a fazia estremecer, caía num terror pânico, não propriamente de medo, mas a um sagrado espanto ante

uma caudal de vida mais profunda, um enigma dentro do qual os próprios objetos inanimados pareciam velar atentamente a uma presença constante e invariável, e a observavam, na escuridão, com aquela frieza sentenciosa dos mochos, ela se sentindo projetada para fora da órbita na qual as coisas se conduziam soberanas, irrevogáveis. Ela estava à margem, fora do centro da vida, ignorada como uma coisa sem valia, porque sem participação. E, quando esse seu obscuro entendimento se desvanecia, como um vislumbre de revelação instantânea que logo se apaga, ela vinha à tona e fazia por ater-se às orlas da superficialidade, com medo de tornar a descer, pelo pressentimento da realidade no momento em que deixasse de deslizar sobre a constante do círculo, para colocar-se de novo no centro, mesmo, da ideia.

Sentia-se em tais momentos literalmente como uma bolha irisada, e o seu coração se confrangia de susto de que a bolha se desfizesse e a realidade se evidenciasse em toda a inexorabilidade. Então apegava-se a pequenos pensamentos sem importância. E, por momentos, a vida tornava a parecer-lhe leve, vazia, e não obstante grata. Então concluía que assim estava bem.

Heitor continuava a entrar em casa e a sair, vivendo distraidamente a sua vida de sempre. Ela o atendia, sorria-lhe, indulgente e um pouco distante. A cabeça de Heitor contra o seu ombro era uma cabeça gentil, sólida, um pouco pesada, que ela suportava amável, até que ele se cansava da posição e a retirava. E, quando ele tornava a sair, ela voltava a vagar pelo apartamento um pouco empoeirado, um pouco envolto em penumbra, o edifício que se erguia ao lado fechando cada vez mais a paisagem, impedindo a entrada do sol. E, na meia-luz e no silêncio do seu ermo, sentia-se um pouco tal um peixe num aquário, um aquário um pouco escuro e lodoso, de um esverdeado sujo, e outro tanto nebuloso, neutro – a neutralidade do cinza, do imutável.

Mas havia também aqueles momentos em que ela deixava de sentir a leveza inconsequente da bolha irisada, e deixava de ser o peixe que flutua no aquário lodoso, para enrodilhar-se na sua solidão como uma gata soturna, de olhos tristes e judiciosos, remoendo os sentimentos que deveriam permanecer sempre seus unicamente, sem nenhuma possibilidade de comunicação.

A MÃE DE COMEÇO tivera o bom senso de não interferir. Mas, à medida que lhe pareceu que a filha estava deixando o casamento rolar para o fracasso, voltou-se contra ela.

— Não adianta, mamãe. Ele não mudará, eu não mudarei.

— Não se faça de dramática – disse, fazendo a Marta lembrar o tempo de menina, quando vinha trazer-lhe uma queixa, ou refugiar-se no seu regaço, e lhe ouvia: "Pobre pequena, tem o gosto do patético!"

— Não é verdade que você tenha desistido de ser feliz – disse-lhe ainda na véspera da partida, rangendo os dentes e cortando o ar com a mão em riste, como quem desfecha um golpe.

Marta sentiu o terror crescer dentro dela – aquele mesmo terror que em menina sentia toda vez que a mãe se inteiriçava, em seus ímpetos de raiva. Mas, desta vez, o terror não chegou a fechar o círculo em seu torno; apenas esboçou-se, e ela emergiu dele espantosamente incólume, pois nem a atingiu a depressão que mesmo já em adulta a abatia quando a mãe mal disfarçava a sua animosidade. Por pouco esteve a lho dizer, mas considerou que nem mesmo isso era necessário. Ademais, não queria que a mãe partisse zangada. De que adiantava lançar-lhe em rosto que ela era tão egocêntrica e autoritária que não lhe reconhecia, sequer, o direito de ceder, de desistir, se nessa desistência talvez residisse a sua força, representasse a vitória que ela, a mãe, jamais alcançara? Por outro lado, como dizer-lhe que ela o amava e odiava a um tempo? Não lhe pareceria isso um contrassenso? Limitou-se, pois, a dizer-lhe:

— Mamãe, não me esteja lançando constantemente contra mim mesma. Sei o que estou fazendo.

— Pensei que eu merecesse a sua confiança, que em mim você pudesse confiar. – Depois, mais violentamente, caindo repentinamente em pranto e elevando a voz: – É isto mesmo, eu não conto mais. Não tenho mais filha. Não tenho mais a ninguém.

— Acabe com esta cena, mamãe, afinal não é de você que se trata. Você não tem o direito de colocar-se no centro de um problema que não lhe diz respeito.

Pausa. Expectativa durante a qual Eunice permaneceu de pé, no centro da sala, esguia, e um pouco fanada, as feições subitamente descaídas, como se ela tivesse envelhecido de uma só vez; Marta aguardando, acuada para dentro de si mesma. As duas se medindo com estranheza, num brusco desatamento dos laços. O silêncio era incômodo, como um nó na garganta impedindo de engolir. De repente a mãe se animou:

— Sabe? vou viajar com aquele vestido cinza que você me deu. Está tão bem passado – emendou, enveredando pelo caminho do fácil, aplainando, conciliando. – E a propósito, sabe que Julieta me indicou uma lavanderia que lava muito bem e a preço módico? Preciso procurar o endereço para você. Agora não sei onde está.

— Sim, estou até precisando – respondeu Marta, aquiescendo, prestando-se ao seu jogo, criando ambas um ambiente de perfeito entendimento, tão perfeito no qual até se podia ter uma conversa calma e proveitosa, uma dessas habituais conversas entre duas mulheres, uma e outra passando a acrescentar detalhes, a discutir preços, falando sobre coisas que sempre escaparam ao seu conhecimento, mas que agora constituíam repasto delicioso. De súbito, Eunice deteve-se em meio a uma frase, as pontas dos dedos sobre os lábios entreabertos, na revivescência de um gesto seu muito antigo, olhando a filha com um desconhecimento repentino. Dir-se-ia que ainda se admirava de Marta feita mulher, e lhe custava a crer que essa mulher tivesse vindo de suas entranhas. Por mais de uma vez, já, acontecera-lhe medir-se com a filha e lhe parecer que excedera à própria capacidade, que fora além de si mesma. Era aquele mesmo espanto que não raro manifestara ao surpreender Heitor a fazer uma carícia a Marta, como se a filha ainda fosse algo inacabado, tão sua filha que ainda não adquirira identidade própria, nem se emancipara. Após o que, alçando os ombros como quem está diante de uma evidência que é mais fácil aceitar do que procurar compreender, prosseguiu:

— E por falar em Julieta, sabe o que ela me disse ontem? – Veja só a maldade, o jeito sinuoso com que ela sabe ir até o fim, só para ferir.

— Eu sempre a achei amargurada, invejosa.

— Também não é tanto assim. Você exagera – disse a mãe, já mudando de tom.

— Mas foi você mesma quem disse ainda agora que...

— Ah! Graças a Deus eu compreendo as pessoas. Aliás, todos os dias peço a Deus a graça de envelhecer sem ódios nem ressentimentos, sem criticar nem falar mal de ninguém.

Então Marta retrocedeu, compreendendo que emprestara demasiada ênfase ao apoio que a mãe esperara de sua parte, o que era o mesmo que ter-lhe tomado a dianteira.

E, quando, mais tarde, Eunice concordou com a filha, ao reconhecer que estava com razão em relação à atitude do marido de Julieta, Marta silenciou, pois reforçar o seu ponto de vista seria o mesmo que mostrar que a mãe incorrera em erro em seu julgamento anterior.

AGORA, ENQUANTO ESPERAVA por Heitor, vagamente rememorando e reavendo os anos de sofrimento e de fulgor perdido – primeiro aquele sentimento alado a perseguir os limites, concentrando-se por instantes em mágicas frações de finito, em seguida o descair na desesperança, ao alargamento das distâncias, e ao desassossego, e à dor – vagamente ainda a visão se esfumaçava, pois lhe parecia já haverem decorrido anos, séculos, e que de repente ela era apenas u'a mulher sozinha num cômodo escuro, as costas secas vergadas, as mãos magras e compridas cruzadas inutilmente, o rosto afinado numa perscrutação sombria, os lábios ligeiramente em bico, num aguçamento da ideia que se alonga e se aprofunda.

Quando ouviu passos, no corredor, endireitou as costas, o rosto retomou a feição costumeira. A atitude, de débil expectativa.

O marido entrou em casa, deu-lhe um breve beijo na face.

— Então, sua mãe embarcou sempre? – E, antes mesmo que ela lhe respondesse, deu-lhe as costas e foi tirando o paletó. – Mas, o que é isto? Está tão escuro! – Tocou o comutador, depois foi desfazendo o nó da gravata.

Marta o deixava falar, ir e vir à vontade. Nem sequer lhe perguntou se ele havia pagado o aluguel, apesar de já lho haver lembrado há dias, e ao tocar no assunto ainda na véspera, ter dado com aquele seu olhar magoado pelo que ele considerava falta de confiança, e, um pouco zangado, tivesse prometido que o faria no dia seguinte. Mas, agora, nem mesmo isso tinha importância. Ele era fraco, banal, e daí? Até um pouco avarento ele era, e também isso não tinha importância. Não a atingia.

Entretanto, no fundo, e de um modo quase impessoal, de tão certeiro, ela prosseguia fria e cruelmente no exame de sua maneira de ser. Investia, julgava, condenava, e fazia-o não obstante saber que, denegrindo-o, se estava diminuindo a si mesma. E parecia mortificar-se mais era pelo fato de não poder precisar quando, exatamente, começara a ver claro na debilidade dele, quando o lastro em que se apoiara a sua fé em Heitor começara a ceder. Só sabia que o seu amor vinha agora envolto em muito desamor, o que lhe causava pena, mas deixava-a livre.

E porque via cada vez mais claro no íntimo de Heitor, não raro mudava, e empalidecia. Mesmo aquele jeito de ele fitá-la por baixo das pálpebras meio descidas, que por vezes surpreendia malgrado seu, não lhe passava despercebido o que dizia.

Sentia, então, que ele a detestava. Detestava-a precisamente por sabê-la capaz de viver desprendida dele, independente dele. E sabia que ele tinha ciúmes. Não o medo ou a suspeita de que ela o traísse com outro, mas precisamente a certeza de que ela não o faria, de tal modo possuía o seu mundo próprio. Marta sabia que o intrigava o seu rosto nem bonito nem feio, de cabelo curto e liso escorrido ao longo das faces magras, e apesar de tudo um rosto frágil, capaz de mudar ao menor sinal de apreensão ou desagrado; e os seus vestidos, também nem feios nem bonitos, que seriam impessoais, não fosse um certo caimento revelando sutilmente as suas formas. Não, apesar do seu todo neutro, sabia que ele não sentia indiferença por ela, e muito pelo contrário. Havia nela sempre algo que prendia a atenção, e despertava o desejo de perscrutar mais fundo, porque se pressentia uma vida mais abaixo das aparências, uma vida secreta, que ele não saberia dizer se rica nem bela, mas sempre mais ampla.

O que lhe faltava para ser íntegra e irrefutável, e isso ela própria obscuramente sabia, era poder afirmar-se perante os outros. Faltava-lhe a dureza, a malícia que faria do mundo um espetáculo jocoso para seu regalo. Se o conseguisse, então, e só então, ela seria uma pessoa que pode presenciar e sorrir com condescendência, com afetada brandura, assim como quem alisasse a cabeça de uma criança, uma criança qualquer, enfim, que lhe fosse de todo indiferente, enquanto virasse o rosto para não ver os olhos ramelentos e o narizinho escorrendo, e dissesse suavemente, em voz alta e modulada: "Não chore, meu bem, mamãe não demora." Ou, ainda, virando o rosto à criança – que também podia não ter os olhos ramelentos nem o nariz escorrendo – simplesmente a mirar-se ao espelho, chupando de leve as faces e comprimindo os lábios até projetar o queixo delicadamente para diante, em seguida fosse dizendo as mesmas palavras amáveis e descuidadas: "Não chore, meu bem, mamãe não demora." Então ela seria, enfim, uma pessoa de importância aos próprios olhos, uma pessoa que não se enternece à toa. Sim, ela o seria no dia em que soubesse ser dura, no dia em que soubesse vingar-se nos outros. A esse pensamento, de repente um choro convulso quebrou-se dentro dela, como uma vida que estivesse sendo estrangulada e se debatesse em estertores de agonia.

Foi assim que a seus próprios ouvidos soou estranho o tom de voz com que disse:

— Podíamos ir hoje ao cinema. O embarque de mamãe deixou-me esgotada.

O marido assentiu, laconicamente, e só nesse momento ela se lembrou de ter lido a notícia da excursão de Sylvia Lake pelos estados. Estava explicado o desinteresse de Heitor pelas habituais reuniões dos artistas nas noites de descanso da companhia. No entanto, nada disse. Foi à cozinha, com movimentos lentos e difíceis, e esquentou o jantar. Comeram um pouco em silêncio, ele levantando-se de vez em quando para mudar a estação de rádio, em seguida foram ao cinema do bairro, Marta sempre lenta, virtualmente anestesiada.

No dia seguinte, quando Heitor voltou da cidade, foi logo dizendo:

— O Cabral vai montar a minha peça em junho próximo. Será um sucesso, você vai ver. Então com a Sylvia Lake no principal papel! E o Gaspar fará o cenário. Ainda não sei quem se encarregará do guarda-roupa. Mas... Que há com você? Está tão calada.

— Sim, será bom – respondeu ela, em eco. E pensar que ela própria quisera tanto que ele conseguisse a montagem da peça, e agora estava indiferente, o fato simplesmente não encontrando nela repercussão alguma. E, emergindo daquele outro sentido que velava de há muito, pensou que contemporizar ainda seria apenas u'a meia solução, não uma solução por inteiro. E, antes, mesmo, que pudesse reter as palavras, já elas lhe saíam pausadas, porque repassadas de um sentimento denso, mas seguras, quase lúgubres, ela própria tendo a impressão de uma voz saindo do subsolo, rouca, cavernosa, desagradável. Mas o que a assustou, sobretudo, foi o serem elas irrevogáveis. E perturbou-se mais porque de repente teve a sensação de que a estabilidade do mundo periclitava, a ordem estava sendo subvertida. Tudo, mas tudo mesmo, podia acontecer, desde que ela própria podia mudar o seu destino, pois no mesmo instante em que falava, tinha a consciência de que alguma coisa fatal se estava passando, algo de que não adiantava mais querer retroceder. Mas, ainda assim condoeu-se de Heitor, quase tomando o partido dele contra si mesma.

Heitor fitava-a meio incrédulo, e completamente desarmado.

— Mas o que foi que houve? – perguntou num desapontamento verdadeiro, com um ar um pouco de criança de quem de súbito arrancam o brinquedo das mãos. – Chego em casa contente, tenho uma boa notícia para dar-lhe, e acontece isto!

Isso era verdade. Ela nunca soubera escolher o momento azado, pensou consigo, o que punha por terra todos os seus intentos. Era como se constantemente tivesse que recomeçar a aprender a viver, tal a violência incontrolável de seus impulsos.

— Muita coisa mudou – foi dizendo em seguida, extraindo as palavras a custo e a dor, enquanto permanecia à sua frente imóvel, inteiriçada, impossibilitada de mais um som. E nesse instante sabia que a sua própria face estava bifurcada em inúmeras direções.

— ... Bem, mas essa mudança importa tanto assim?

— Importa, importa tanto quanto o que mais possa importar. Ou, se quiser, não, não tem importância. O fato é que se neste momento me estou dando conta de que...

— Mas, então – atalhou ele, ainda tentando conciliar – se lhe é indiferente, por que pretende impor u'a mudança à nossa vida? Por que não deixa estar assim mesmo?

— Heitor, eu cansei de lutar, cansei de lutar contra você, contra mim mesma, contra. — O que era mais que ia dizer? perguntou-se, porque de súbito era como se estivesse sob o efeito de um choque, e a ela própria as palavras não alcançassem mais nem tivessem o poder de convencer.

Agora ele a retinha junto a si, aprisionadas fortemente as suas mãos nas dele, enquanto lhe falava em tom brando, persuasivo, naquela voz grave que ela tão bem conhecia, que ela seria sempre a sua amiga, a sua companheira, que. Mas era precisamente a essa persuasão mansa que ela queria furtar-se, tendo preferido, antes, que ele estivesse sendo rude, porque já sentia algo abrandar-se em insegurança e remorso. Temia ceder e tornar a resvalar para o que seria de novo só contrição e mágoas, e talvez nunca, nunca mais ela se pudesse revigorar em decisão, a amarga decisão de reencontrar-se consigo mesma. E, contra a própria expectativa, foi exatamente a brandura dele que a sublevou e fez com que ela reagisse mais asperamente. Era a sua defesa. E, com o espanto, e a pena, também, com que deixamos cair ao solo um objeto precioso, refugiou-se na negativa.

Seguiu-se o momento de silêncio em que cada qual já percorreu o caminho por inteiro, e já não tem mais nada a dar ao outro, nem mesmo a acusação de ter posto a perder o que seria tudo, mas que naquele instante os deixava sem meios, sequer, de inventariar o que pudesse ter sido, tão falhos, inteiramente falhos, se encontravam da possibilidade de estabelecer um entendimento, ou, ao menos, de se consolarem mutuamente.

"É isto mesmo", parecia cada qual dizer intimamente, num derradeiro recurso de afirmar-se mediante uma conclusão, como se o não chegarem a uma conclusão, por adversa que fosse, os deixasse inacabados, e inacabado aquele sentimento que ficava vibrando no ar, oscilando entre a resignação e a perplexidade.

Foi só quando viu Heitor reunir suas roupas que ia jogando nu'a maleta, como um menino que entrouxa os seus brinquedos e pertences, ao ameaçar sair de casa, que ela saiu de seu entorpecimento.

E agora, como dizer-lhe que apesar de tudo ela o amava, que o coração lhe doía, e que ela teria dado tudo, tudo, para que não tivessem chegado a esse ponto? Mas um trejeito de Heitor, aquele seu odioso trejeito dos lábios, como de quem sabe que está em falta mas que ninguém tem nada com isso, fê-la cair em si, e compreender que tinha chegado o fim.

2.

Marta não dizia sim, não dizia não. Mudava. Hesitava. E os dias assim iam-se arrastando numa sequência morna e uniforme, encobertos por densa bruma. Jogada para dentro de si mesma, ela se encolhia, procurando abrigo dentro do seu novelo de solidão e da falta de ressonância. E, quando o novelo se desenrolava, prolongava-se numa vaguidão aflitiva, ela resvalando para um tédio comprido. Então dormia um sono vazio como a morte, um sono sem fundo e sem praias.

Recorria ao sono como quem recorre à perdição deliberada. E não era sem espanto nem desgosto que acordava para o dia seguinte, um pouco desfigurada, um pouco entorpecida. Olhava-se ao espelho e deparava com o cabelo revolto caído sobre a testa, os olhos ligeiramente intumescidos, a boca de expressão indefinida, e por vezes reavia o seu jeito intocado de adolescente. Mas com o passar o pente nos cabelos, e ajustar o *peignoir* ao corpo, e ao avançar na esteira do dia, descambava para a soma do que ela era: u'a mulher que, parecia, muito cedo acabara de viver. Porque era, literalmente, como se já tivesse vivido todos os seus anos, limitando-se agora a desperdiçar o tempo que ainda lhe restasse, como o fazem as mulheres que já casaram as filhas e passaram as obrigações caseiras para as criadas e as mucamas, e ficam a tecer memória e gratuidade.

Retomava os afazeres domésticos, mas eram só aqueles impulsos cortados, como se estivesse agindo pela vontade de outra, o esquecimento completando a desolação.

Às vezes, interrompendo a tarefa, erguia a cabeça arrogante como um cisne, e alongava o pescoço como a querer interpor uma distância bem grande entre ela e o resto; balançava a cabeça ora sobre um ombro, ora sobre o outro, afivelava o queixo e imprimia à boca uma falsa expressão de coqueteria, a exemplo das mulheres ao se olharem ao espelho enamoradas da própria imagem. Assim se engrandecia, e até chegava a cantarolar um pouco, baixinho e em modulações quebradas, como se tivesse optado por um diapasão demasiado elevado. No fundo, fazia um desesperado esforço para arrancar-se do tédio, esse tédio que nem sequer comporta o bálsamo do pranto, ou a revigoradora aragem do desespero. E não tardava que tornasse a cair no fundo de si mesma, e a coragem assim construída descaísse irremediavelmente, desfazendo-se todo o trabalho de aperfeiçoamento a que se dera.

Mesmo o jogo de outros tempos, que consistia em observar a vida como quem está do lado de fora, olhando de um modo distante e impessoal, mesmo isto não lhe servia mais agora, pessoas e coisas perdendo relevo e profundidade. Via tudo sem dimensões, como se fossem manchas de cor, figuras esbatidas, ela sabendo, porém, que se conseguisse ser absorvida pela vida, já seria isso uma forma de lançar-se para a frente e viver.

Então se detinha sobressaltada, tentando reconhecer aquilo em nome de que se atirara à reconquista da sua liberdade, dizendo de si para si que fugir ao sofrimento, isto, por si só, não bastava. E doía-lhe reconhecer que lhe faltava o impulso capaz de imprimir um sentido de realidade à sua vida. Porque ela sabia que, se tentasse o esforço, de algum modo conseguiria sair de dentro de si. Por exemplo, poderia reatar relações. Quais? – nem ela mesma sabia. Talvez alguma prima distante, ou uma antiga companheira de colégio. Era só telefonar, pedir notícias. E as coisas se encadeariam, uma visita levando a outra, e a mais outra. Mas, ao fim, pensou antecipando uma desilusão imensa, terminaria por não saber como levar a sua determinação adiante. Acabaria se cansando. Não do amor que desse e recebesse em troca. Mas precisamente dessa falta de amor com que as pessoas se dão. As obrigações criadas, as convenções, as falsas intimidades e as gratidões incômodas. Neste ponto lembrou o quanto se impacientara com a pobre velha a quem ajudava com uma pequena pensão mensal, só porque trocara os dias de vir buscá-la. Este, o pretexto. No fundo, era a náusea, o desgosto ante a servilidade da mulher. Ela estava cheia de boas intenções, Deus o sabia, mas também fora Ele próprio quem não a dotara de suficiente perseverança para levá-las adiante, defendeu-se, transmitindo-Lhe a responsabilidade de sua fraqueza. Persistir, no bem como no mal, fora algo que sempre estivera acima de suas possibilidades, parecendo que só de contradições a sua alma fora feita.

Sobretudo, acontecia-lhe que, concentrando-se com força e profundidade no significado das coisas, e das palavras, de súbito descobria com desencanto que as palavras transcendiam em muito o âmbito dos sentimentos que deveriam traduzir, que dizer infelicidade, sofrimento, era dizer infinitamente mais do que enumerar as causas que, somadas, iriam produzir aquelas ressonâncias. E, com isso, já ela havia esvaziado de seu conteúdo o próprio sentido do sofrimento, a própria infelicidade, não lhe restando senão a evidência de um logro, de um lamentável desperdício.

Assim, pois, continha-se. Bastava-se humildemente. Não saciadamente, em todo o caso. Pois não raro surpreendia-se a pensar em quanto ainda existia de irrevelado, e procurava aplicar-se na sua captação. Nessas ocasiões, dava de andar desassossegada de um canto para outro, sem encontrar pouso, compreendendo obscuramente que, para atravessar o dia, teria que fazer um esforço, ter paciência. "Sim, meu Deus, ter paciência, é o de que preciso. E preciso fazer alguma coisa, pois fazer coisas já é uma forma de fazer o tempo passar. Pensar também o é." Mas, qual a eficácia das coisas pensadas, se se pode pensar tão depressa que mal dá para o tempo passar? Então tinha ímpetos de violentar a sua solidão, de tão asfixiante que se tornava. "Preciso sair", pensava, "ver pessoas, falar-lhes, enfim, tentar algo que dê à vida uma aparência de vida, que possa dar a sensação de vida verdadeira".

Mas o seu aprendizado era deficiente. Ela não se havia munido dos instrumentos com que se aquilata a medida do imprevisível, pensou enquanto viajava no bonde e contemplava com estranheza uma pequena que viajava no banco fronteiro, a distrair-se falando sozinha. A menina amolecia a boca, e jogava a língua para fora, quebrando as palavras ininteligíveis numa mistura de asco e senilidade, e de sensualismo também, ao mesmo tempo em que abria e fechava as mãos, revirando-as febrilmente. Havia nela algo tão lúbrico, e tão da volúpia de uma velha, que Marta pasmou. Também de espanto foi a sua reação ao reparar na mulher a seu lado, u'a mulher magra, malvestida, de aspecto surrado, e que trazia pendurada ao pescoço, por uma corrente, uma enorme chave de cobre, que fazia girar no indicador o tempo todo, com a segurança tranquila de quem possui a chave do reino.

E às vezes acontecia-lhe ter ímpetos de exceder-se num grau maior, de sair da medida em que se enquadrara. Mas num dia em que cruzou na rua com uma pobre mulher fanada fantasiada de prostituta: o vestido excessivamente decotado deixando à mostra as carnes flácidas sob a pele encardida e encarquilhada, as faces pintadas com duas rodelas de carmim como as faces dos palhaços, e a quem apenas poderiam tomar por louca, Marta compreendeu que a vida tinha limites duramente demarcados, que não se poderiam transpor impunemente. Essa mesma sensação de desencanto assaltou-a numa tarde diante de um quadro, exposto numa vitrina, representando, em ampla campina aberta, cavalos nus de cabeleiras fulvas acenando ao vento. E um novo impulso anímico em mistura com uma estranha exaltação dos sentidos apoderou-se dela ante a visão dos cavalos sem arreios de fulvas cabeleiras ao vento, simbolizando algo de tão puro, e tocantemente simples e novo. Fitando aquele quadro, ela de repente sentiu-se despegada de tudo, despojada de tudo quanto a rodeava e fazia a sua vida, pois uma vez mais compreendia que, a não ser impulsos isolados, todos os caminhos lhe estavam interditados. Era como se ela buscasse algo que ainda não sabia o que fosse.

"Dir-se-ia que lhe faltava até mesmo aquela ínfima parcela de sabedoria primária de contentar-se com um pouco de água que coubesse na concha de suas mãos", pensou, lembrando-se da leveza translúcida daquela menininha a rir e a bailar, que de certa vez vira na praia. Primeiro a pequena abaixou-se para pegar o mar com as mãozinhas ágeis e rechonchudas abertas em deleite e espanto, depois, quis apostar corrida com as ondas, correndo na areia paralelamente às vagas a se quebrarem mansamente em fina renda de espuma. Em seguida, desistindo de segurar o mar em suas mãos, e de medir distâncias com as ondas, pôs-se a bailar alegremente, puramente, como uma borboleta, um pássaro, ou uma aragem.

Entretanto, se era certo que havia momentos em que se apercebia de não ter com que compor a sua vida, chamando-se de dentro do seu isolamento, aterrorizada, não podia negar que, de outras vezes, no começo sobretudo, ela pensara que a sua solidão era boa, que a sua liberdade era boa. E, ao caminhar na rua, em meio à multidão, esse seu sentimento de solidão era tão íntimo, tão terno, e a um tempo tão real, que ela quase podia apalpá-lo e apertá-lo de encontro ao seio. E desse modo, paradoxalmente, sentia-se mais no coração da vida.

Foi assim que, aos poucos, lenta e minuciosamente, com o mesmo gosto de minúcia com que, em menina, se esquecia lavando as mãos, na pia, ou um vestido de boneca, até que a mãe, um pouco aflita, a incitasse a dar-se pressa, começou a tentar aplicar-se à vida, às pequenas e tenras coisas de que a vida se compõe.

Para melhor dispor de seus dias, até chegou a traçar para si mesma uma disciplina para todas as horas. Voltou a dar as suas lições de francês, interrompidas de há muito. Fazia-se pequenas concessões e grandes reservas, tanto em tempo quanto em dinheiro. E, com a continuação, passou a ser uma criatura de idade difícil de definir, de movimentos pausados, sempre metida no seu costume de jaqueta um tanto impertinentemente ajustada ao talhe, os sapatos fechados, a bolsa de cor e feitio tornados imprecisos pelo uso.

Com a mãe distante e os poucos laços de sociabilidade cada vez mais frouxos e quebradiços, dar as suas lições, contar avaramente os pequenos ganhos, comprar de comer e limpar o pequeno apartamento, nisto se ia resumindo a pobre vida que ela se dera.

— O *Diário da Manhã* – disse um dia, ao dirigir-se ao jornaleiro. E surpreendeu-se com o tom da própria voz. "Quando se tem com quem falar, fala-se muito", pensou, recaindo em si, "fala-se descuidadamente. Dizem-se algumas coisas úteis, em meio a um montão de coisas inúteis. Mas, quando rompemos o silêncio da mais completa solidão para dizer 'quero um pão', 'um jornal', 'um quilo de açúcar', então as palavras valem mais do que as próprias moedas com que os compramos".

Não raro saía por aí, andando sem rumo, só por andar. Sentava-se num banco de jardim e deixava-se ficar simplesmente distraída. É bem verdade que mesmo então às vezes se inquietava, e se dava pressa, estremecendo ante um perigo iminente, como se daí a pouco já fosse demasiado tarde e nunca, nunca mais, ela pudesse reaver o tempo perdido. Mas recompunha mentalmente os afazeres do dia, e via que as obrigações estavam cumpridas, e que fora daí não havia por que diligenciar. Então suspirava triste e aliviada, e tornava a recostar-se na sua vaguidão e no seu desperdício. E quando acontecia demorar-se nesse lazer mais do que habitualmente, tinha vagar para meditar um pouco, e chegava à conclusão de que fora inútil ter tentado durante tantos anos amoldar-se às pessoas, amoldar-se à vida.

"Tudo em pura perda", dizia consigo, alçando os ombros e fazendo um muxoxo um tanto apaticamente, como quem sorri entre lágrimas, mas verdadeiramente não chegando a sorrir nem a chorar, apenas atendo-se a esse meio-termo de emoção, porque em mistura com uma certa mágoa experimentava também a leveza e o apaziguamento de quem está chegando ao fim. É que até certo ponto achava bom saber que todas as portas estavam fechadas para ela, e que de agora em diante não precisava mais lutar. Então tornava a saborear a sua liberdade ociosa, sabendo que ninguém mais lhe imporia coisa alguma, ela sozinha podendo dispor do seu tempo, de sua vida.

Sim, ela chegara à conclusão de que agora podia tudo, tudo – até podia ter um amante, disse de si para si, um tanto displicentemente, não sem afetação. A quem isso poderia importar? "Mas, também", perguntou-se, "para quê? E quem? E depois, o que faria?", porque ela já sabia que não podia haver antes sem depois. Ademais, parecia-lhe que até já podia viver sem amor. E nesse ponto de suas divagações de repente lhe sobrevinha uma invencível fraqueza, seguida de uma vontade muito branda de chorar, de chorar não o amante tido e em seguida perdido, mas a própria inutilidade de vir a ter um amante, a inutilidade e a falta de razão de ser de tudo.

Muito vagamente, porém, sofria por não ter, sequer, uma pena de amor. Antes pensava: a vida é um instante. É neste instante que eu vivo, que eu o amo. Então, por que não consigo comunicar-me com ele? Queria a Heitor, precisava dele, como precisava do ar, e da luz. Recordava os seus traços fisionômicos, os seus gestos, os seus silêncios. Os seus silêncios. Depois viu com dor e espanto que ia esquecendo. Compreendeu que também o amor se esquece, que se esquece a vida, o deslumbramento diante da vida, o espanto na dor e na alegria, que se perde aquele impulso que é aceitação ou revolta, que é muitas vezes loucura, mas ainda assim indício de vida, o sangue latejando, o coração batendo descompassado. Agora, dava-se conta, descida a bruma do esquecimento, é este tom razoável, esta serenidade de água parada, é este caminhar a passos medidos. Não mais o fulgor no olhar, não mais a boca contrita ainda que em ricto doloroso para conter o pranto.

"Agora é só moderação, cisma calada, tão calada que se vai transmutando em morte, a morte da memória, que se apaga, e a da carne, que avelhenta e perece. O milagre que deixa de ser milagre." E, alongando um olhar velho de desencanto, compreendia que perdera a capacidade de renascer em espantos, e que essa era a sua mais grave perda.

De repente ela se deteve, atônita ante a consciência da impossibilidade de superar essa evidência. Era a mesma sensação de quando, apanhando fragmentos de uma conversa ao acaso, ouviu alguém dizer: "Os dias não esperam por nós." E, mesmo em meio à sua abstração, aquilo lhe pareceu tão claro, tão verdadeiro, como se o pensamento tivesse ultrapassado a própria pessoa que o expressou.

E nesse momento perguntou de si para consigo o que estava vivendo e em que sentido. Seus lábios se crisparam um pouco; entretanto, mesmo a vontade de chorar era uma vontade deliberada, assim como de quem diz: vou tomar água, ou vou dormir, sabendo que depois se sentiria melhor. Mas o pranto não vinha. No fundo, estava surpreendentemente íntegra e insensível.

De outras vezes, porém, esse seu sentimento de frustração tomava a forma de uma ternura muito branda, incutindo-lhe o desejo de ser boa consigo mesma. Então encolhia-se na penumbra do seu apartamento para sentir a solidão mais profundamente, saboreá-la piedosamente, com a espécie de piedade que ultimamente lhe parecia estar sendo ungida, ou passava a conceder-se pequenos repousos. Era assim que, ao passar pela confeitaria da esquina, comprava para si, com infinito carinho, alguns doces e salgados. Poderia comprar um pão que soubesse a pureza do grão e a castidade, simplesmente pão, para humildemente, santamente, saciar a fome. Mas, entre a necessidade de aplacar a fome e o desejo voluptuoso de prazer, optava culposa e conscientemente por este último, mesmo sabendo de antemão que ao pecado da gula se sucederia a náusea da saciedade. E, balançando-se cadenciadamente na cadeira de balanço que deixava marcas no assoalho sujo, ia comendo melancolicamente os doces melosos e enjoativos, e as empadas secas recheadas de molho escuro e asqueroso.

E havia ainda aqueles dias em que repentinamente sacudia o torpor, dizendo consigo que tinha tanto que fazer, que precisava agir, arquitetando coisas e ao mesmo tempo adiando-as, deixando para amanhã mesmo o que lhe parecia muito importante, sempre fugindo inconscientemente ao essencial. No íntimo, alimentando uma expectativa cega, a dar-se tempo, enquanto se ia concedendo o direito de ir vivendo a sua pobre vida de guardar-se no apartamento tornado tão silencioso pela ausência "dele", pela ausência "dela", pensava, referindo-se, primeiro, ao marido, em seguida, à mãe. E toda a sua piedade e fervor, ela os transferia para o vagar meticuloso com que fazia o café, com que lavava a louça e pregava os botões, tudo transferindo para essa vida de mulher que vive, costura, almoça, toma fresca à janela, na quietude da tarde, porque isolar-se no seu sofrimento era ainda o seu lenitivo contra o próprio sofrimento. Era, também, a sua maneira de buscar-se.

Jogada para dentro de sua solidão, esta a princípio lhe doera, como dói um corte profundo, as carnes apartadas, uma parte estranha à outra – "isto o que faz doer", pensou; então passou a desforrar-se da solidão amando-a.

"Se eu pudesse orar, pediria o quê?", perguntou de si para si, e respondeu: "Piedade." Sim, por certo que pediria piedade, e compreensão, compreensão de si mesma, evidentemente, uma vez que não tinha mais a quem tentar compreender, nem ninguém desejoso de compreendê-la.

Em outros tempos, pensara que ela própria poderia arcar com o peso de sua existência. Mas agora subitamente descobria que a vida ultrapassava em muito mesmo as previsões mais calculadas. A cada passo deparava-se com o insuspeitado, e o mais aterrador eram as mutações por que passava o próprio ser.

Completamente aturdida, compreendia que a liberdade a que se atirara era tão grande que subvertia o plano sobre o qual a vida corrente seria possível. É que ela agora se apercebia da existência de um plano dentro do qual as coisas se processam de um modo fatal, irrevogável.

"Pois então", dizia-lhe a voz sabida do bom senso comum, "a vida não é só isto, não é só vaguidão e desperdício". E obscuramente ela concordava em submeter-se, porque obscuramente ainda compreendia que precisava apoiar-se em algo efetivo para atravessar a ponte até àquela zona terrífica onde ela se encontraria consigo mesma, e atingir o ponto a partir do qual se armaria de provisões para seguir adiante, pois havia momentos em que se sentia literalmente qual um inseto a que faltava o gesto pressuroso de dois dedos que o segurassem na ponta da asa, para retirá-lo do charco e depositá-lo a salvo na outra margem.

"Por que é isso tão necessário?", indagava dela mesma. E não encontrava resposta. Apenas sabia por instinto que mais importante que tudo era escapar de perder-se, escapar a essa ameaça que, maior que a da própria morte, velava sobre ela, atenta ao mínimo descuido.

Isso ela pensava muitas vezes ao despertar, pela manhã, sentindo um grande desânimo arrastá-la para fora de si. Não obstante, era preciso começar a construir o seu dia.

"Se eu tivesse marido, e filhos", dizia consigo – e nesses momentos pensava em termos gerais, abstraindo o marido que tivera, e os filhos que não chegara a conceber –, "se os tivesse, seria mais fácil. Pela manhã, eu teria de mandar as crianças à escola, e a criada às compras, teria que ir à costureira, depois esperar o marido de volta do trabalho. E quando as crianças crescessem, e quando o marido fosse aumentado, e as prestações da casa fossem pagas... E, com isso, haveria uma continuidade, um amanhã. Haveria uma razão para esperar."

Cada dia seria um dia perfeito, acabado, e ela viveria sem perigo – sem perigo, acentuou.

Em vez disso, recomeçava, manhã após manhã, o banho, o café, as lições. Recomeçava sem susto, nem surpresa. Sem ardor. A cada despertar, tinha que apanhar o fardo exatamente onde o deixara na véspera, e pelas próprias mãos transportá-lo. "Um pouco como Deus", pensou, "mas sem o Seu conhecimento, sem a Sua paciência e a Sua misericórdia. Nu'a medida que nos ultrapassa, em absoluta desproporção entre as nossas pobres possibilidades e o peso da carga", concluiu desalentada diante da dificuldade de ser. Ah, ter de prosseguir nesse aprendizado que se prolonga desde tempos imemoráveis, e que poderá cessar um dia abruptamente, como uma lâmpada que de repente se apaga, e muito da tarefa ainda terá restado por ser feita. E isto, sem glória, mesmo a pobre glória de puramente existir, mas existir integralmente, em todas as direções, com todas as forças, intensamente. Intensamente, como um grito que leva em si toda a carga, todo o fulgor, o fulgor da mistura de graça, de acertos e até mesmo de desatinos. Enquanto que o que ela estava vivendo era morno, cinzento, pegajoso, nauseantemente pegajoso, e inconsequente. Como a aranha a tecer a teia, ela ia tecendo a sua vida íntima, que se diria profunda, mas que, no mesmo instante em que tendia a aflorar num pensamento que pudesse ser traduzido em palavras, já se transformava, mentindo-lhe, traindo-a. Não era o rio que flui abundante em correnteza, mas a úmida fonte que mana da rocha, denunciando-se não raro apenas através de escassa umidade. E nesse tênue vestígio estava a sua ligação com o todo.

Então compreendia quão difícil é alcançar o depois, tocar o intangível, saciar-se com o que é evanescente e mutável, adaptar-se ao que se transfigura sempre, como as auroras se transmutando sutilmente em amarelos meios-dias, que cegam e desconcertam, para em seguida se adensarem em roxos crepúsculos. Ah, a fatalidade do que não podemos dominar. Então tomava de empréstimo uma gravidade que não possuía, pelo menos não naqueles instantes em que tudo era falso, feito de falsa preparação, para dizer consigo: "Estou vivendo, estou avançando no conhecimento de mim mesma."

"Preciso ir mais vezes ao cinema", dizia consigo, pensando assim dar-se mais vida. Mas faltava-lhe o *élan* capaz de empurrá-la para a frente. O pretexto de preguiça de trocar de roupa e tomar condução era mero pretexto, ela o sabia. E, quando conseguia vencer o obstáculo, acontecia-lhe, não raro, que, estando a assistir a um filme, de repente sobressaltava-se com uma indefinível sensação de angústia, afanando-se com um inexplicável remorso, indagando dela mesma onde estava o crime, onde a sua falta maior. E não sabia onde situar a fonte daquele súbito mal-estar, procurando aflita, como um cego a tatear inutilmente numa cidade grande cujas ruas ele não conhecesse.

Agora ela se pergunta até que ponto a atitude de Heitor em verdade contribuíra para o seu rompimento com ele, e, defrontando-se consigo mesma, indaga se não fora aquele velho e essencial desejo de liberdade que a havia induzido à separação, aquele seu profundo desejo de experimentar-se, de medir-se consigo mesma e com o seu destino, a saber até onde podia.

Entretanto, quantas vezes não se recriminara por jamais ter sabido ousar? E isto ela se ficara devendo. Sempre fora tímida no querer. A vida larga com que sonhara em menina, as grandes coisas que faria! "Mas como?", escusava-se, "se havia uma tão grande distância entre as suas aspirações e o mundo, e a insensibilidade do mundo?", acrescentava grave e patética. Porque havia um certo tom trágico no modo pelo qual ela se cultuava.

A timidez salvara-a a tempo do pecado do orgulho, pensava, contrita, e impedira-a, quem sabe? de perder-se, acrescentou precavida, percebendo quão grande fora o perigo que a espreitara por trás das frementes pálpebras veladas de sonhos loucos, mas também compreendendo, com mágoa e um doloroso sentimento de perda, que lhe fechara as portas de uma salvação maior que a contenção na qual se abrigara. Tardiamente media as dimensões do seu malogro, sabendo que sem limitações poderia ter-se aberto a todas as possibilidades.

Ela buscara a solidão para conhecer-se, a si, e a Deus, acrescentou, fervorosa, num fervor que ela mesma não sabia ainda se verdadeiro, certa de que na solidão ela se aperfeiçoaria. Mas, quando a solidão veio, compreendeu que lhe faltava o conhecimento necessário para atingir a essa perfeição. Faltava-lhe a graça. A solução estaria, então, na entrega – uma entrega total, sem prevenção, pura e simplesmente entrega. Mas entregar-se a quem, e a que, se ela própria não sabia o que fazer consigo?

"A vida é trágica", concluiu soturnamente. "Pois, não tentei eu sempre conformar-me à vida, fazer tudo quanto os outros fazem, viver como os outros vivem? Mas um esgar de tédio sempre se sobrepôs ao meu esforço de contenção e complacência. Depressa me cansava dos simulacros. E, mesmo quando tomei a vida em minhas mãos, a angústia não se extinguiu. O desespero não se aplacou. Talvez o desespero tenha sido o meu maior pecado. Eu nunca soube atravessar os dias, nem como emendá-los uns nos outros."

Isso ela pensou certa manhã, no ônibus, vendo de relance, à janela de um edifício, um homem esfregar o rosto com sono, a mulher, a seu lado, quieta, submissa e confiante na força do homem, esperando a proteção do homem, como um gato esperando um gesto de reconhecimento do dono, uma sensação que ela jamais experimentou. Um ponto isolado numa ilimitada área branca, é o que ela sempre foi. Ah, gemeu sabida e amarga, ah, a inquietação, as palpitações, e as miragens do pequeno ponto negro isolado na imensa planície branca. E a sede de viver, e a náusea, a recusa de comer as cinzentas postas de solidão envoltas no pó da mesmice. E a vertigem, e o medo de resvalar para o areal candente e movediço da loucura. Ponto. Perplexidade.

Pelos dias em fora, procurou refazer-se do susto, acomodando-se como quem se acomoda num assento desconfortável. E, grave, como quem toma o caminho de uma decisão, enveredou por ele. O que acontecesse daí em diante tomaria um rumo independente da participação de sua responsabilidade. Se quisessem culpá-la, seria por não saber viver; não saber tomar os dias e conduzi-los a bom termo, e, com os dias, a existência, e os fragmentos de que a existência se compõe.

Por certo que podia fazer o que as mulheres de sua condição faziam: costurar, cuidar de seus haveres caseiros, cuidar de seu corpo, mas, e o essencial, se não conseguia tornar esses atos válidos por si mesmos? Isto escapava à sua compreensão. Então, concluiu, é que as possibilidades eram limitadas, duramente aparadas, como árvores brutalmente podadas.

No entanto, se diria que ela aceitava a sua fatalidade como aceita cada qual a sua morte, solitária e irremissível.

E porque tivesse puxado o futuro para dentro dos dias que estava vivendo, resguardava-se de novas emoções, de novas dores e cuidados, como quem corre a cortina para não ver a noite lá fora. E parecia que assim poderia continuar sendo indefinidamente. Mas a verdade é que não raro sua imaginação se esgueirava e, com um sorriso secreto, um sorriso no canto dos olhos rasgados, ela ia forjando acontecimentos raros, tentando enganar a escondida ansiedade. Nutria-se de provisões de memória, apoiava-se no mistério dos sonhos. Não com palavras eruditas, nem conhecimentos adquiridos. Recorria uma vez mais ao conhecimento que era só seu, banhando-se num suave toque de mistério calmo, profundamente sentido, longamente perscrutado.

Nesses momentos a simples rotina de ir e vir, dar lições já não lhe bastava. Precisava de um derivativo. Então dava de introduzir modificações no arranjo dos móveis, ou iniciava um bordado que, no decorrer dos dias e das semanas, continuava inacabado. Ao mesmo tempo dava de esmerar-se nos trabalhos de cozinha, cozinhando para si mesma com infinito carinho um pouco de macarrão, ou de carne, preparando o molho com especial cuidado, indo buscar, atarefada, a manteiga e o queijo. E, passado algum tempo, um dia surpreendeu-se preparando-se para ser uma pessoa que atinge a uma certa idade, fossilizada na prática de seus pequenos hábitos quotidianos. Até começou a prover-se de uma quantidade de roupa de cama e mesa, de sabonetes e outros objetos de uso pessoal, armazenando avaramente para enfrentar o tempo e a alta dos preços que fatalmente haveria de sobrevir. De certo modo, e mesmo num sentido mais amplo, via agora que sempre estivera vivendo para depois. Sempre adiava para um dia os passeios que algumas vezes planejava. Até andava projetando fazer uma viagem, perdendo noites de sono, de lápis e papel na mão, imaginando, calculando.

— A senhora está com boa cara – disse-lhe uma tarde a mulher que veio habitar o apartamento no andar de cima de há muito desocupado, ao se encontrarem no elevador. – Está engordando.

— Ah, agora cozinho eu mesma para mim, a senhora compreende, é diferente. Sabe? qualquer dia destes convido-a para almoçar comigo – disse, dominando logo a própria surpresa, com um jeito estudado de pessoa importante que está acostumada a oferecer almoços e jantares.

Por que fizera aquele convite, nem ela mesma sabia. O fato é que as coisas em seguida tomaram um rumo próprio do qual já não seria fácil desviar-se.

Aos poucos, a amizade com a vizinha se foi estreitando. O apartamento no andar superior passou a ser agora o seu refúgio. Nos intervalos entre as aulas e as suas divagações sem rumo, Marta ia buscar alento junto à mulher solitária que era D. Ercília – Ercília de quê? nem sabia, ignorava o seu nome todo, e de onde viera; identificavam-se através da semelhança de suas solitudes, e, esquecendo o papel que inicialmente assumira perante ela, Marta quase encontrava satisfação em abrigar-se entre aquelas paredes nuas, de pintura velha, o reboco às vezes apontando, e diante da velha e tosca mesa que servia à mulher no seu ofício de costureira. E de bom grado ali comiam junto os magros bocados custeados meio a meio.

— Bem, não é muita coisa que tem para almoçar – dizia D. Ercília –, mas você não é de cerimônia. Preparo um pouco de chuchu, arroz, um ovo frito. Quando estiver pronto, telefono. – Telefonava. Marta passava a chave no seu apartamento, e subia para o da vizinha. Sentavam-se à mesa forrada até a metade, na outra metade o ferro de passar, as linhas e as tesouras, retalhos de pano, e começavam a refeição.

— A vida está tão cara – lamentava-se D. Ercília –, mas graças a Deus posso comprar as coisas, sim? – ajuntava com ar meio sabido e jactancioso, movendo a cabeça orgulhosamente, esse movimento não raro tornando-se brusco, a um tique nervoso, como o menear de um boneco de molas, a vista constantemente lacrimejante sublinhando o dito com um tom patético. – Já passei muita fome na minha vida, sim? – E, dizendo-o, parecia encontrar um prazer raro em saborear os bocados que lhe custaram tanto, ela tendo tido a sorte de poder adquiri-los, mostrando por isso quase tanta alegria como quem tivesse alcançado uma graça do Altíssimo, pensava Marta, enquanto acompanhava, fascinada, o jeito quase obsceno com que a mulher comia as suas porções tão arduamente conquistadas, mastigando e degustando o alimento com grandes trejeitos dos lábios e enrolando a língua de encontro ao céu da boca. Sobretudo, fascinava-a o modo pelo qual a mulher cortava cuidadosamente a fatia de pão, e avaramente passava a manteiga; a meticulosidade com que dividia com ela o tomate ou o ovo tocava-a tão intimamente, aquele banhar-se na miséria lhe incutindo uma espécie de prazer novo, um prazer feito a um tempo de sordidez e de autopiedade tão abjeta e animal como se fora um cão a lamber as próprias feridas. Era, também, uma forma de apequenar o mundo, de torná-lo tão estreito e sem arestas, que se podia caber dentro dele sem vertigens.

— Tão bom, tão sossegado – diziam-se, saboreando ambas a sua solidão sem remédio.

Acabando de almoçar, sentavam-se no divã coberto de *chintz* de grandes florões já muito desbotados, a outra enxugando os olhos lacrimejantes, e abrindo um sorriso meio parado de gente velha já um pouco esquecida, dispondo-se a iniciar uma grande conversa, num desejo muito intenso de intimidade e de confidências.

— Deus me livre de afirmar uma coisa que não vi, não gosto de falar mal de ninguém, mas dizem que o Sr. Otávio, consta, não sei – tornava a ressalvar –, mas dizem que o conserto dos elevadores não custou nem a metade do dinheiro que ele arrecadou, e também aquele roubo no apartamento de D. Alice, Deus que me perdoe, mas D. Alice desconfia...

Cortava a frase rente, como quem se tivesse aventurado por um atalho perigoso, e rumava pressurosamente para o tranquilizador assunto de seu domínio:

— Sabe que o tomate já tornou a subir de preço? E a batata também. Como a vida está cara. Ai, que eu estou tão precisada de dinheiro, Marta, minha filha – dizia, esquecendo que ainda na véspera aludira à sua ida à cidade para fazer um depósito no banco.

Mas o terreno era raso, e, depois de haverem discorrido sobre os preços dos gêneros e as dificuldades da vida, já não sobrava mais sobre que falar. Bem que, às vezes, depois que Marta tornava ao seu apartamento, o telefone tocava. Ia atender, e do outro lado do fio vinha a notícia de mais algum evento que escapara ao seu conhecimento.

— Marta, minha filha, esqueci de lhe contar. Sabe? Hoje D. Avelina me disse que o vigia veio lhe pedir cem cruzeiros por mês.

— Quem, o "seu" João?

— Ah, este nem se fala mais; até já proibi dele vir aqui. Então ele não ganha? Era o vigia da rua. E mesmo o daqui não para de pedir dinheiro. E eu, coitada de mim, quem vai me dar? Não acha? É um desaforo. E, sabe mais o quê? Depois do almoço, tentei dormir um pouco, bateram, fui ver, era o vendedor de frutas. Ora, onde já se viu? Então não se pode mais descansar um pouco? – Riu um riso nervoso. – Uma pessoa não pode mais descansar. – Tornou a rir com excitação. – Só lhe telefonei porque esqueci de lhe contar.

— Ah, sim – respondia Marta, depondo o fone no gancho, sob repentina sensação de abatimento, completamente esgotada pela tensão e a fadiga. A loquacidade da mulher cansava-a, a sua estreiteza de ideias diminuía-a, tudo nela arrastando para baixo, para a pequenez, o denegrume. Não obstante, Marta continuava a visitá-la, no fundo reconhecendo que o fazia por orgulho, porque considerava aquela mulher de condição inferior à sua, e, com essa convivência, queria provar a si mesma ser capaz de um ato de humildade. Diminuía-se ao pé da outra num gesto de autoflagelação.

E, de tanto se lhe aproximar, ia sendo inconscientemente tocada pela sua avareza, e o seu gosto de amealhar; até o seu modo de falar ia despercebidamente adotando. Foi assim que um dia, para surpresa própria e de D. Ercília, pediu:

— Dê-me alguns retalhos para a minha lavadeira, tão precisada, coitada. – No fundo, querendo ver se ganhava algo que pudesse aproveitar para si, querendo dar-se, a si mesma, um pequeno prazer, refugiar-se nas pequenas e míseras alegrias, de tal forma estava distanciada das alegrias verdadeiras. Uma pequena mentira, uma mentira de felicidade, o que lhe faltava, pensando que, se conseguisse enganar-se, já seria isso quase como se fosse feliz mesmo. Se fosse atendida, poderia dizer com o coração enternecido já haver ganho o seu dia.

Ante o imprevisto daquele pedido, e sem mesmo dar-se tempo para pensar, D. Ercília despejou sobre o divã o saco de retalhos, que ia separando com gestos nervosos. E, à medida que Marta os ia recebendo, aquele seu sentimento misto de avareza e de felicidade feita foi descaindo como descai uma fisionomia falsamente composta que não resiste à análise do sentimento que o motivou, e ela se sentiu de repente muito mais pobre e infeliz que antes. Desprezível aos próprios olhos, já que a outra não conhecia a sua intenção.

"Ah", pensou com amargor, "poder dar-se alegrias, e poder retirá-las de si. Quase como Deus", pensou no mesmo instante horrorizada. "O mistério não era, então, o próprio ser, a própria vida que se vivia, como quem toma água, ora aproximando o copo dos lábios sedentos, ora afastando-o? Viver é triste", concluiu subitamente avelhantada, uma vez mais como se de um só salto tivesse pulado até o fim de seus dias, porque viver é fácil, e a um tempo difícil. E a sua falta maior, sabia-o, era não saber viver com o acerto com que os outros vivem. Os outros, disse consigo, se se dão uma alegria, tomam-na até o fim, e se têm uma amargura, tragam-na até o fim, até a última gota, é como dizem.

Entretanto, à parte os contactos com a vizinha, não via mais ninguém, não saía, senão para dar aulas. Não se distraía. E, assim, tinha passado a levar uma existência que não saberia recontar, nem reconstituir. Ia e vinha no seu pequeno apartamento, ligando o rádio, regando as plantas, que eram, a bem dizer, as únicas coisas vivas com que sabia lidar agora. Nem um gato ela criava, de tal forma lhe parecia ter estiolada a sua capacidade de ternura. Fitava sem pensamentos uma coisa qualquer, vendo, esperando. Sim, esperando. Indo do quarto à sala, e olhando seguidamente para o chão, junto à porta, a ver se tinha carta, nem bem sabendo da parte de quem, apenas contemporizando.

A princípio, ela ainda escrevia para a mãe com certa frequência. Eunice, por sua vez, sempre muito ocupada, só tendo tempo para cartas pequenas e cada vez mais espaçadas. Por fim, Marta foi deixando gradativamente de corresponder-se com ela, pois considerava que não escrever, calar, ainda seria uma forma de agradar-lhe, de não se insinuar, de não parecer que estava querendo forçar o seu amor.

De certa feita, quando foi passar uns dias em Granja Quieta, único bem que lhe coube na partilha, após a morte do pai, ainda esteve para escrever: levei o seu retrato comigo. Ia-se deixar levar pelo gosto da frase feita: para tê-lo junto ao meu coração. Mas deteve-se a tempo, para pensar que deveria dizer simplesmente: levei o seu retrato comigo, depois desistindo até mesmo disso. Sabia que, no próprio instante em que nascesse o impulso de ternura de mãe pela filha que a ama tanto a ponto de levar consigo o seu retrato, qualquer coisa haveria de distraí-la da lembrança da filha, "tão querida, tão delicada!", e ela haveria de voltar-se para outro pensamento qualquer, como quem se vira no leito, mastiga qualquer coisa inexistente no sono, e continua a dormir.

No entanto, Marta tinha a intuição de que estava vivendo perigosamente, e que a indiferença que ela estivera a construir em torno de si se aproximava em muito da degradação. Um travo amargo ia gradativamente enchendo os seus dias, um desassossego crescente fazendo-a ir e vir pelos cantos da casa, a sensação de frustração dizendo-lhe que ela estava descosida da vida, posta à margem dos acontecimentos que a compõem.

Às vezes, olhava-se ao espelho, e tão frágil e translúcida se via, que temia que a doença do pai tivesse deixado raízes. Então assaltava-a o pânico, e ela dava de tomar injeções e xaropes, e de conceder-se longos repousos. Não propriamente a morte, o que a assustava, mas aquele paulatino esvaimento que presenciara no pai, aquela fraqueza gradativa, a tosse, os suores noturnos. Sobretudo, apavorava-a a peregrinação pelos sanatórios recendendo a desinfetante e a deterioração.

Concorria para aumentar a sua apreensão o fato de o seu rosto extremamente frágil por assim dizer desmoronar à menor emoção ou fadiga, ficando irremediavelmente desfigurado.

Entrementes, sua solidão ia cavando mais fundo, as vagas do tempo rolando sobre ela sucessivamente, desgastando, corroendo.

Foi a esse tempo que ela veio a conhecer Marina em casa de D. Ercília, a "D. Marina que vai fazer um vestido assim", a "D. Marina tão boa" que lhe sugeriu ver o filme *Noites de Paris*, e ainda lhe deu cem cruzeiros para a entrada, contava D. Ercília, com um brilho de concupiscência nos olhos pequeninos e cintilantes.

— Mas do que eu gosto mesmo – disse toda animada – é de circo. Ah, como eu gosto. Só o circo me diverte. – Ria francamente, pondo os dentes falhos à mostra, como uma criança na fase de mudança de dentição, o rosto cortado de rugas e os cabelos brancos emprestando um tom caricato ao que seria a pura expressão de alegria infantil.

E, em pouco, sem bem saber como, Marta, também ela, viu-se envolvida pelas amabilidades de Marina, que a convidou à sua casa, e lhe contou sobre os progressos das crianças, na escola, fazendo questão que examinasse os cadernos, um a um, para ver como era boa a letra dos meninos, e lhe contou de suas dificuldades com a empregada, e de um dinheiro que o marido tinha a receber de um cliente e não recebia.

— Ele é tão bom, é por isso que os clientes abusam dele. Aliás, não é para me gabar, digo isto para você, porque sei que você me compreende. Mas também eu não sou nem um pouco egoísta. Pode acreditar que não quero as coisas só para mim.

Falava com a boca cheia de língua, a saliva fluindo abundante, as mãos pequenas e fortes de longas unhas vermelhas sublinhando com evoluções nervosas o rosário de benefícios prestados; os olhos brilhantes e levemente saltados, também diziam que sim. Apenas o nariz, um nariz de raposa, surpreendentemente fino, e em inteiro desacordo com o rosto largo e já um tanto balofo, apontava agressivamente, como a zombar da generosa doadora que ela era.

— Meu marido lê muito, sabe? – dizia, completando a informação. – E gosta tanto de ler para mim, à noite, depois que as crianças adormecem. Bem que eu às vezes não entendo muito, você sabe, não tive grandes oportunidades para me instruir; depois, é o trabalho de casa, e o cuidado com as crianças. Mas ele explica tão bem, e tem pensamentos tão elevados.

E, na noite em que ia dar um grande jantar, fez questão que Marta viesse, senão ficaria sentida.

— SHERRY OU WHISKY? – perguntava o marido de Marina, inclinando-se muito para ela.

— Sim, sim – assentiu Marta, pressurosa, não querendo mostrar embaraço.

— Os dois?... – perguntou ele, um pouco surpreendido, com um sorriso que a fez resvalar por um momento daquela segurança que ela se estivera a construir durante todo o dia que precedera a noite tão anunciada.

Seguiu-se o jantar, muito animado, todos conversando finamente, e rindo, e escolhendo com delicadeza os frios que iam levando para os seus pratos com um pouco da emoção de uma pescaria bem-sucedida, Marta de repente se sentindo uma pessoa importante, uma pessoa que vai a reuniões elegantes. A um dado momento, suspirou, confortada. O conforto de quem se aninha no canto de um divã bem macio, entre almofadas bem fofas. Não que as coisas à sua volta lhe dissessem respeito muito especialmente. Mas, enfim, fora admitida num círculo, fazia parte de um todo, um todo que, afinal... O resto do pensamento esgarçou-se sem que ela soubesse até onde conduzi-lo. Tudo, na realidade, era tão novo, tão inesperado. E de repente ela deixara de sentir-se ameaçada na sua individualidade por aquela angústia vaga, indefinida e no entanto persistente, persistente como um cancro, sim, como um cancro roendo, perdurando, sem que ela soubesse como escapar-lhe. Mas, a esse pensamento, o coração acelerou as batidas, sua verticalidade de ainda há pouco deformou-se a um estremecimento, como se deforma u'a imagem na superfície de um lago à momentânea viração do vento. E ela se perguntou, perplexa e desorientada, o que fora feito de sua serenidade de ainda há pouco. Porque de súbito lhe parecia que estava novamente só, muito mais só do que na solidão de seus dias e de suas noites fechada no pequeno apartamento, ao ver que as pessoas à sua volta tinham interesses em comum, laços de parentesco ou de tácito entendimento, cada qual pertencendo ao outro, um dependendo do outro, amparando-se mutuamente, ligados por serpentinas invisíveis lançadas em todas as direções, estabelecendo uma teia gigantesca, envolvente, que abarcava a todos, menos a ela. Sua verticalidade interior já se recompunha, paulatinamente, o coração se apaziguando a um entorpecimento brando e melancólico, e ela ainda não tinha podido compreender como só com o relembrar essa angústia ela pudera alongar-se tanto, e a tal ponto recrudescer. Mas logo foi distraída pela reaparição do marido de Marina, a oferecer-lhe novo cálice de Sherry. Então esboçou um sorriso meio alheado e tornou a beber delicadamente do pequeno cálice pintado a lacre – artes domésticas de Marina, fazer flores de miolo de pão, pintar cálices a lacre, "Sabe? Aprendi uma receita tão interessante de fazer pão de ló!", dizia com enlevo – e tornou a alçar-se à superfície luzidia e fácil da festa de Marina. E verdadeiramente deliciou-se ao contemplar os lábios pintados e sorridentes das mulheres, e os seus brincos de grandes pérolas falsas, e o seu ar um tanto *negligé* e muito vivido. E, de um instante para o outro, já se sentia também ela mais evoluída e requestada. À leveza de alma que acompanhava os sucessivos cálices de Sherry, sucedia-se um aguçamento de intenções e de pecado. Marta sentiu-se, através das outras mulheres desembaraçadas e loquazes, mais desenvolta e mais mulher; sentiu que também ela poderia ir longe, ora se poderia! Quase já possuía também um passado. Não, evidentemente, o passado que fora o seu, mas, enfim, um passado com o qual já se pode dizer que se é u'a mulher vivida, experimentada. Então inclinou um pouco mais a cabeça sobre o Sherry – havia ternura no seu olhar, e na sua tão grande capacidade de escutar e de compreender as pessoas! E disse consigo que eram tolices as suas angústias, pois, não era tudo tão fácil, tão leve! E ouviu, complacente, quase encantada, a senhora à sua direita, contando à senhora vizinha como decorrera a consulta ao médico; e a da sua esquerda, comentando com êxtase os detalhes de um vestido: – O panejamento parte desta prega ao lado, sobe pelo busto, e vai terminar bem no alto, com um laço grande, assim. – Entrementes, a da direita continuava falando, escavando, tentando clarificar o que para ela mesma permanecia inexplicado: – Eu estava casada de pouco, então meu marido caiu doente. E, acredite a senhora, quando o médico me disse que ele estava tuberculoso, tive tamanha desilusão, me senti tão revoltada, que, quando ele morreu, nem senti nada. Só me preocupava a minha situação financeira. Eu tinha tanta preocupação de me garantir, de garantir o futuro de meu filho, que eu chegava a sentir-me baixa. Sim, não tenho vergonha de dizer – acrescentou, vibrando os punhos num resto de reivindicação exacerbada.

Marta desviou o olhar, um pouco angustiada, e o descansou na beleza de uma loura fina, sofisticada, a conversar, na varanda, com um casal, enquanto girava entre os dedos um copo de *whisky* como quem gira um lírio na mão, e perguntou-se: "Qual o homem possível para esta mulher? E aquela mais adiante?", pensou, ao ver a aflição da senhora em consertar nervosamente u'a madeixa que teimava em não querer ficar colada à testa, enquanto olhava alternadamente para a porta de entrada e para o telefone instalado no fundo da sala, já sentindo estabelecer-se uma corrente de tensão entre ela e a mulher aflita, já tecendo, imperceptivelmente, uma trama romanesca em torno dela. Com certeza veio de terras longínquas, a julgar pelo seu tipo de oriental. Sim, mas é evidente. Vai-se ver, dançava em algum harém, e foi vendida – não, vendida não, foi raptada, e por amor, pois devia ter sido linda, na juventude. Se agora é gorda e entrada em anos, bem, mas quando adolescente... A dança adelgaça o corpo. De mais a mais, tem olhos belíssimos, meu Deus, que olhos! Depois foi traída, abandonada, depois.

— Marta, quero apresentar-lhe um amigo. – Era a voz de Marina, chamando-a de volta do Oriente para dentro do seu salão em noite de festa, de uma festa tão íntima, tão.

Agora era Maurício querendo compreendê-la. E o *whisky* ajudava admiravelmente essa compreensão. Então sim, o seu conhecimento triste começou a aflorar por sobre a onda clara, leve. Seus olhos sorriam um sorriso íntimo, a um tempo amplo e envolvente. Todos, em verdade, se sorriam tanto e tão inteligentemente que não era possível resistir. E nem era preciso falar, e mesmo as palavras vinham diluídas pela sensação vaporosa e evanescente do *whisky* à flor dos sorrisos tênues nos lábios que se entreabriam docemente, encantadoramente. Depois Maurício tirou-a para dançar, ela ainda querendo esboçar um movimento de resistência, pois lhe parecia, até onde se lembrava, nunca ter dançado até então. Mas sua resistência era tão débil, tão débil, e a pressão da mão de Maurício tão suave e tão convincente. E o mar morno intumescia e subia em vagas tão mansas e aveludadas, e afagava tão deliciosamente. Como era agradável banhar-se nessas ondas acariciantes, e fechar suavemente os olhos ao fulgor resplandecente da luz se partindo em faíscas de fogo e cristal nas espumas róseas das vagas. Pois sim, diziam aquiescendo os lábios sorridentes à sua volta, pois sim. E tudo era tão fácil, que ela nem sentia os pés tocarem o chão. E o que era verdadeiramente admirável, maravilhoso, era que todos se compreendiam tão bem, todos aprovavam com os olhos debruados de sonho, um sonho a um tempo leve, como asas de insetos, e profundo como nenhuma palavra seria capaz de definir. O mundo era perfeito, e ela era perfeita, pois nem ria, nem chorava, apenas sorria sutilmente, secretamente, e tinha a confortante sensação de que todos sabiam o que ela sabia.

E NOVAMENTE PASSOU a haver um hoje e um amanhã, os dias pontilhados pelos encontros com Maurício, ou marcados pelas suas ausências – idas e vindas de combinação prévia, e um tanto espaçadas, mas que ainda assim iam imprimindo à sua existência um ritmo novo.

Uma vez mais ela enfunava as velas ao vento. Bem que às vezes percebia por trás dela um olho a espreitá-la, a ver até onde atingiria a sua glória rediviva. Mas dava as costas à vigilante angústia, querendo perder-se no vento novo que tão airosamente lhe acenava.

E um dia deu-se conta de que tinha um amante. E surpreendeu-se um pouco, não tanto pelo fato em si, que se lhe afigurou de uma legitimidade inviolável, mas pela ressonância da palavra, que lhe soava postiça, pelo menos não com o significado com que a ouvira proferida de outras vezes, não como aplicada em relação a outras pessoas.

Em pouco, o seu instinto pô-la de guarda contra Marina. Olhando-se como quem se vê de fora, sentia que mesmo o fato de ter um amante não a colocava no mesmo plano que Marina, Marina confidenciando, aconselhando, Marina traindo o marido. Também começou a furtar-se ao convívio de D. Ercília, esquivando-se ao seu jeito de mulher velha querendo escorar-se nela, a agarrar-se nela com a sua ternura fanada, com as suas mãos carentes de firmeza sempre um pouco moles, um pouco frias e molhadas, e as suas conversas mornas e mortas, sempre puxando para baixo, querendo ancorá-la no seu pequeno mundo feito só de coisas amealhadas e por amealhar.

As visitas de Maurício eram precedidas pela excitação da espera. Cada minuto contava, cada pressentimento influía, tempo e presságios alimentando agora uma expectativa nova.

E, quando ele chegava, sentavam-se no sofá um pouco duro, um pouco velho, e ainda que ela quisesse dar-se ares de à vontade, via-se que estava emocionada, o seu à vontade feito de fingimento, porque era evidente que pusera o seu melhor vestido, e passara e repassara o pó de arroz no rosto um sem-número de vezes. Faltava entre eles aquela doce e rude negligência da intimidade, a repousante confiança no lado humano de cada um.

E depois que eles se tinham dito tudo quanto se tinham a dizer, e após se haverem amado no seu amor aprazado de tantos em tantos dias, ele se ia com um sorriso amistoso e uma palavra de cumplicidade que faziam subentender outras prováveis vindas a intervalos incertos, assim sendo e parecendo não poder ser de outra forma, porque ele era um rapaz solteiro, que tinha uma vida própria, a sua posição entre os outros rapazes, e mesmo entre as moças de sua roda, adivinhava ela pelas vagas alusões que ele eventualmente fazia, e a pressa a que muitas vezes se dava em partir, e a urgência com que de outras vezes chegava, não tanto por ela, via-se, mas pelo que deixara antes dela, e pelo que se lhe seguiria.

Ela compreendia, e aceitava – uma aceitação feita, como a de alguém que alisa seguidamente uma superfície enrugada querendo dispor as coisas de modo a não turbarem muito, de modo a não doerem muito, encolhendo-se, e ficando minguada assim, na sua tristeza e solitude.

Marta queria apanhar o fio da vida e conduzi-la a bom termo, como fazem as fiandeiras que tecem o pano, e como os pescadores, que puxam a rede. Mas sua determinação enfraquecia aos sucessivos imprevistos do terreno movediço em que pisava, a um desconhecimento jamais cristalizado em certeza, ainda quando a espera não era por demais demorada, nem frustrado o encontro marcado.

E quando Maurício saía, e ela tornava à sua intimidade feita pela ausência dele, recaindo sobre ela o silêncio e o vazio do seu isolamento, dizia consigo que se pudesse alcançá-lo na distância em que ele se colocara, defendido por aquela sua condescendente brandura, que, não chegando, embora, a ser amor, não lhe dava azo a que se pudesse julgar desprezada, se pudesse dizer-lhe que via tão claro na mentira que eles estavam vivendo, ela estaria remida do pecado do simulacro. Ao menos isto.

Mas sua turbação excedia em muito o âmbito das palavras. Então caía em cismas, e em silêncio, um silêncio que se prolongava até mesmo na presença dele, apesar do esforço para sair de si, pois compreendia que o intrigava, ele não sabendo se ela era tão tola que não percebia o falso da situação, ou se calava por orgulho.

E havia ainda aqueles momentos em que Marta bem percebia que ele se aborrecia um pouco a seu lado, e ela sabia por quê. Faltava-lhe o brilho da palavra fácil, aquela magia para transformar em símbolos de fogo de artifício os pequenos pensamentos que seriam voláteis e fascinantes, enquanto ela tendia para os sentimentos densos, que por sua própria natureza eram difíceis de serem traduzidos sem neles ferir-se, ou sem magoá-lo. Ela o adivinhava pelo jeito esquivo e infantilmente depreciativo do olhar dele, um olhar de quem diz: isto você não sabe fazer. Então retraía-se timidamente numa escusa – muda – e adiantava ela querer comunicar-se com ele, pensava, se ele não transcendia o seu mutismo para captar o que havia por trás dele? E, enrodilhando-se mais ainda na sua inabilidade para lidar com ele, dizia consigo uma vez mais que se algum dia alguém a tivesse amado de verdade, ela por certo teria sabido fazer-se preciosa aos próprios olhos, e esse preciosismo haveria de transparecer de modo a que também os outros pudessem admirar o espetáculo de sua imaginosa fantasia.

— Mas as coisas são como são – concluiu um dia tristemente, como quem enrola e mete numa mochila as pobres vestes surradas, as únicas que a sua timidez e a sua falta de fé em si mesma lhe permitiam usar com a certeza de não estar sendo extravagante nem perdulária. Usava o que pensava caber-lhe por direito, não mais. E, com isso, acreditava estar sendo verdadeira consigo mesma e com ele.

— Vê? – parecia perguntar-lhe. – Conheço o meu lugar. Não estou usurpando o privilégio de ninguém, nem simulando ser o que não sou.

Neste ponto Marta se deteve, como quem puxa os freios de um cavalo indomável. Percebia que novamente estava caindo na emboscada que lhe armava aquela sua insaciável necessidade de ternura, a ponto de enternecer-se por aquele deplorável sentimento de autopiedade. E já Maurício chamava-a à realidade.

— Eh! que é isto? Que fisionomia tão grave, a sua! – Então ela tornou a vir à tona, e procurou retomar o fio desde o ponto em que interpusera aquele hiato entre ela e Maurício, pelo desejo, precisamente, de aproximar-se dele, de alcançá-lo no essencial. Agora lhe estendia o copo, perguntando: – Mais gelo? Quer, que ligue o rádio? – "É assim", pensava, "que as pessoas geralmente estabelecem os contactos quotidianos, com leveza, com amabilidade, mas também sem compromisso daquela essência mais profunda do ser", advertiu de si para consigo.

Se ao menos ela se pudesse arrancar da obsessão da inconsistência dos sentimentos dele, e da inconsistência dos próprios sentimentos, disse consigo, contrafeita ante a ideia de estar tecendo fios invisíveis, emaranhando-se numa teia da qual já não divisava o começo nem o fim. Porque apesar de parecer que se estava deixando levar pela atitude prazerosa de Maurício, pelo puro sabor da aventura, a verdade é que ela se espreitava, media, comparava, pois agora já não era mais aquela original pureza de seu amor por Heitor, o enlevo de quem dispensa as juras, que vive de um olhar, de um secreto sorriso. Ademais, doía-lhe ver que eles viviam sem um amanhã, jamais falando no futuro, como se cada momento, com o que coubesse nele, devesse fechar-se sobre si mesmo. Por isso, cada vinda de Maurício era como se fosse um conhecimento novo, a aproximação por vezes difícil, parecendo a Marta que estava violando a sua intimidade com um estranho, de tal forma um ato de amor se esgarçava na lembrança em relação ao subsequente, seguidamente cortada a ponte entre um encontro e outro, ela sempre temendo exceder o limite do tacitamente permitido. E cada partida dele era uma probabilidade de fim, ele saindo a correr na esteira de finitos sucessivamente renovados, inteiramente perdido para ela, de vez que o sabia sem dimensões para um aprofundamento demorado para dentro de uma mesma criatura.

 E havia ainda o fato de que, esperando por Maurício, acontecia-lhe não raro esquecer-se pensando em Heitor.

Então estremecia, como quem resvala em sonho, e mesmo quando Maurício se inclinava sobre a sua face para o beijo, precisava abrir muito os olhos para certificar-se de quem a estava beijando. Mas, se as ausências de Maurício se prolongavam, primeiro caía em depressão, em seguida, cedendo à sua natureza contraditória, telefonava-lhe, chamando-o. Ele prometia que sim, e, de um momento para o outro, o mundo voltava a ser habitado. E, quando ele tornava, emocionava-se com as suas alegrias, e participava de seus deslumbramentos, como no dia em que ele entrou em casa dizendo:

— Está uma tarde belíssima! Uma beleza! – acentuou, destacando muito as sílabas, e descansando em cada uma delas. E de repente Marta sentiu-se feliz, tão feliz como se ele lhe tivesse trazido uma braçada de flores, como se ele lhe tivesse dado o mais terno beijo. Foi como se ele lhe tivesse dito que ela própria era bonita, e que a amava, e que a vida era boa, que tudo estava bem e que assim continuaria a ser até o fim dos tempos. E, quando ele se sentou no sofá, ela deixou-se escorregar a seus pés, enlaçou-lhe os joelhos e disse:

— É tão bom que você exista! – No entanto, no mesmo instante de ternura, indagou de si para si se não era esse deslumbramento dele diante da vida que a maravilhava a tal ponto, se não era esse seu fascínio que a prendia a ele, e se, em seus transportes amorosos, ela não abrangia a todos os homens, a todos os seres, porque lhe parecia que nos momentos em que eles se tocavam, a fonte de sua ternura manava generosa e fluida como a água clara que mana da rocha e não escolhe o cântaro para o qual há de verter. Não obstante, perguntou numa tímida expectativa:

— Você gosta de mim, um pouquinho que seja? – Porque, conquanto nesse instante ser amada já não fosse tudo, precisava dessa certeza para alicerçar uma certa estabilidade em meio à sua turbação, à precariedade das coisas e dos sentimentos tendendo para o nada. Era também o modo de querer aproximar-se dele, pois obscuramente pressentia que por baixo daquele seu ar prazenteiro havia uma parte dele mesmo que lhe escapava.

Maurício desviou o olhar, intimidado. Afligia-o um pouco essa nitidez que Marta projetava sobre ele na ânsia de captar as mais leves nuanças, acordando nele uma consciência incômoda que o induzia a analisar-se, como que obrigando-o a prestar contas a ela e a si mesmo, quando o que ele queria era a leveza inconsequente das emoções apenas sentidas e em seguida olvidadas. Contrariava-o sobretudo o fato de ser induzido a encontrar uma justificativa para a satisfação de seu sensualismo, como se isso devesse necessariamente estar subordinado aos seus sentimentos.

Ele fitava agora as próprias mãos com um interesse novo, concentrando-se, grave, nessa observação, como através delas querendo decifrar o enigma dos contrastes que o integralizavam na sua totalização, enquanto abstraía a presença de Marta, e ia adiando o instante em que devesse definir-se. Inconscientemente deixava-se arrastar por aquele seu velho gosto pela despreocupação e a disponibilidade, a despreocupação que lhe conferia a sua posição de eterno filho único de pais abastados, e a disponibilidade de suas frequentes viagens, e a desenvoltura e o sucesso com que se movimentava entre as moças de sua roda. E também porque se espantava um pouco diante da seriedade concentrada daquela mulher já beirando a maturidade, nem feia nem bonita, mas que de um certo modo o atraía ao mesmo tempo que o intimidava um pouco. Havia nela um certo ar contrito que o intrigava.

Por fim, como o atleta que segura a barra e, com um movimento ágil, toma impulso e se alça sobre os braços, exclamou, reticente e amuado, enquanto estirava as pernas e dava um suspiro de cansaço:

— Gosta, não gosta... Isto é inquérito? – A mania que as mulheres têm de querer nos arrancar declarações de amor, pensou um tanto enfastiado e quase se sentindo vítima de uma extorsão. Olhou-a bem no rosto, entre sério e jocoso, mas sem proferir uma palavra, sem proferir a palavra que ela esperava, apenas esboçando um sorriso de superfície, um pouco superior e divertido. Media-a. Ela, esperando, suspensa por um fio de angústia. Densidade, só da parte dela. Densidade e um terror pânico, uma certeza aguda obliterando o caminho, tirando-lhe qualquer esperança de reciprocidade, de aceitação de parte a parte.

Então ergueu-se com movimento brusco, deixando a expectativa vibrando no ar, enquanto enveredava pelo caminho do fácil.

— Tem visto bons filmes, ultimamente? – perguntou com afetada despreocupação, aproximando-se dos interesses dele. Mas, mesmo nessa pretensa leveza, no fundo debatia-se no desassossego e na dúvida, indagando de si mesma se o que votava a Maurício seria mesmo amor, e, por outro lado, se a mera presença dele não devera bastar-lhe, de vez que ele lhe era tão necessário, se através dele se sentia vivificada, e até mesmo rejuvenescida.

Agora relembrava aquele outro momento de angústia, no dia em que ele aludiu com gravidade à sua experiência de homem, dizendo já tenho vinte e oito anos, ela, já beirando os quarenta, repentinamente tomada do medo de perdê-lo. Mas o que significava para ele? – perguntava de si para si, torturando-se. Teria sido, primeiro, a curiosidade, depois o hábito, apenas isto? Ou seria que essa ligação de algum modo satisfazia à sua vaidade de homem?

Neste ponto recordou um encontro de rua. Podia jurar que ele a avistara de longe, no entanto, tomara a calçada oposta, ela presenciando e caminhando a custo, a custo um pé se adiantando ao outro, impelindo-a penosamente para a frente, a uma dor grossa e madura, enquanto acompanhava com o olhar o estranho que ele era, que sempre fora, atravessando a rua a passos largos e dobrando a esquina, como quem estivesse fugindo a uma ameaça.

MAURÍCIO VINHA AGORA mais espaçadamente. Chegava, distendia o corpo longo sobre o divã, estirando as pernas compridas e dando um demorado suspiro, como um cavaleiro que chega de uma cruzada de muitos anos, cheia de pelejas, de árduos combates e de muitas glórias, embainhando, enfim, a espada, retirando o elmo, disposto a gozar as delícias de uma paz merecida. Sim, era isto, só que Marta não contava naquele jogo excitante que era a vida de Maurício; ele não precisava dela, movia-se independentemente dela, e quando chegava, não era para a sua casa que ele vinha, nem para uma existência a dois, mas simplesmente para um encontro. E, embora ela dissesse consigo que mesmo essa ternura esparsa deveria bastar--lhe, quando ele se ia, um sentimento de abandono se abatia sobre ela. Não era mais a sua solidão orgulhosa, mas o vazio. E nem mesmo aquela desculpa de que fora o seu sentimento de solidão que a fizera aceitá-lo lhe valia mais. Dir-se-ia, antes, que ele lhe era ditado pela sua fatalidade.

Agora, enquanto Maurício partia para mais uma de suas ignoradas andanças, sabia Deus para voltar quando, ou, simplesmente, se para voltar, ela remoía soturnamente o desconcerto e a confusão causados pelo modo calmo, lúcido, à semelhança de um explorador consciente e experimentado, com que ele balançou a carne um pouco flácida de seu braço estendido, como se essa carne não lhe pertencesse, não fosse parte dela mesma, ignorando o sofrimento com que ela assistiu àquele devassar de sua mais essencial intimidade, ela se encolhendo com um débil sorriso de escusa e de vergonha ante o ar sério e avaliador dele, querendo recompor o roupão, querendo enveredar pelo caminho da superficialidade, do não importa, mas uma dor intensa inutilizando o seu intento, fazendo-lhe tremer o queixo num esforço para conter o pranto. E, mesmo admitindo que ele o tivesse feito inadvertidamente, e ainda que pressentindo que o momento fora de perigo ante o que o explorador incauto houvera antevisto, perigo e desgosto para ele próprio, não pôde conter o ressentimento contra ele.

Sim, também para ele o instante fora de perigo, de tão intensa visão como se ele de repente, e pela primeira vez, a visse por inteiro, até o mais remoto desvão, com tudo quanto encobriam o seu olhar turbado, e os movimentos tornados canhestros. Então perguntou-se, desconcertado, que outras manhas escondia aquela mulher, além da de querer sobrepujar a força dos anos e aquele seu ar contrito e fanado. E afastou-se ressentido por aquele logro. "O que era que ela pensava que." Não concluiu o pensamento para não ferir-se mais fundo, de tal modo se sentia atingido no seu amor-próprio e naquela segurança que o erigira num homem senhor de seus domínios.

"Então", perguntou Marta de si para consigo, vertendo mansamente um pranto que caía melancólico tal pequena chuva de outono escorrendo na vidraça azulada pelo crepúsculo, "por que não romper com ele de uma vez, por que ceder de cada vez que ele torna, após as tão longas ausências? Por que o aceitava boamente, quer houvesse amor em seu coração, quer rancor? Era dele a culpa? Ou era sua? Ou seriam os seus conflitos motivados apenas pelas duas faces do amor, a luminosa e a obscura, e novamente a obscura e a luminosa, numa sequência seguidamente renovada, e neste caso o objeto amado estaria conforme as leis fatais, nem engrandecido, nem diminuído em si mesmo, apenas sendo, nesse dualismo inevitável, ou estaria ela projetando sobre ele a sombra de sua própria natureza contraditória?", perguntava-se numa angústia que ameaçava romper o equilíbrio de sua individualidade.

Os dias que se seguiram, ela os passou acuada para dentro de si mesma.

"Está tudo acabado", dizia consigo, sabendo que só com o seu afastamento conseguiria romper de vez com ele, porque, como Heitor, também Maurício evitava as explicações, esquivando-se com um mutismo de desesperar, porque um mutismo calculado, a passividade de uma parede que se levantou impenetrável, e, no entanto, sentenciosa, vigilante. "A vigilância de um felino", disse de si para si, como se o fato de haver encontrado um qualificativo para a atitude de Maurício pudesse adiantar em alguma coisa. Mas não adiantava. Então passou a guardar-se dele, e de si mesma.

Às vezes o telefone tocava, ela escutava, o olhar soturno, o coração descompassado, mas não atendia. E, quando a angústia amainava um pouco, dizia consigo que estava curada, pois o seu sentimento por ele se havia transformado imperceptivelmente numa quase obsessão.

E até já conseguia atravessar longos períodos em que nada sentia por ele, nem contra ele, parecendo havê-lo esquecido, Maurício, por seu turno, tendo desistido de chamá-la inutilmente, fechando-se numa estranheza feita de incompreensão e ressentimento, não sabendo a que fantasia ela se entregava, para desse modo recusá-lo.

Então ela voltou à sua solidão ascética, não mais dolorosa, mas simplesmente com a sensação de estar livre, querendo, no íntimo, que um grande lapso de tempo já tivesse decorrido para distanciá-la ainda mais de Maurício, para afastá-la dele definitivamente.

E se adestrava em longas abstrações, de repente tendo a sensação de haver recuperado a lucidez e o equilíbrio de há muito perdidos. Exercitava-se num aprofundamento interior tão intenso que por vezes chegava a abolir os elementos que a circundavam. Essas cintilações, no entanto, não eram frequentes. No mais das vezes, sentia-se despegada de tudo. "Preciso reagir, sair, caminhar um pouco", dizia consigo, a modo grave.

Mas, quando andava na rua, acontecia-lhe com frequência ter a sensação de caminhar numa cidade deserta, ninguém a quem dizer: bom dia, como está? Que sol bonito, ou, que frio, o que faz! Tudo era pensado para dentro de si mesma. Até se diria que, aos poucos, ia esquecendo que as palavras existiam, porque estava vivendo na mais completa carência de comunicação. E de repente tinha a impressão de que ela era uma figura falsa, vivendo num plano de irrealidade, uma irrealidade de tal modo fantástica, que lhe dava vertigens e lhe incutia terrores. Tinha então vontade de fazer como nos sonhos: tentar o esforço para acordar. Mas a impossibilidade persistia mesmo depois desse esforço tentado. Então desistia, e seguia conformada o seu caminho, ora se detendo diante de uma vitrina olhando vagamente sem enxergar coisa alguma digna de atenção, ora contemplando, distraída, o movimento do tráfego, a fluir e refluir num ritmo que, pela repetição e a continuidade, lhe produzia um vago atordoamento.

Nesses momentos passava a ver tudo, pessoas e coisas, como num painel animado, mas olhando-os já retrospectivamente, como se tivesse avançado muito no tempo, anos, dezenas, talvez centenas de anos, e olhasse para trás, quando o presente seria um medieval – as ruas estreitas apinhadas de gente, as mulheres indo às compras, os operários, às fábricas, os padres, para o ofício divino, caminhando todos apressados, e anonimamente, para um futuro já superado, para um fim que não era mais que um fragmento de vida, uma fatia de eternidade. A visão era estonteante e bizarra, a lembrar-lhe o caminhar de formigas no teto, mas também era tocante, na sua humanidade, porém uma humanidade impessoal, a seus olhos como o plasma cedido por um doador desconhecido. Não o sangue do sangue, uma vez que estava descosida do mundo. De repente, dava-se conta dessa sua transgressão, tentando desesperadamente enquadrar-se nesse ritmo contínuo, a querer apanhar às mãos-cheias essa essência que mal se anunciava, já se desvanecia, deixando-lhe a impressão de uma realidade deformada e destituída de nexo.

 A um único ser ela chegou a identificar em meio a essa multidão anônima, e a essa visão chegou a apegar-se como quem se apega a u'a miragem em meio a um deserto. Era a mulher solitária que avistava pela manhã, quando saía às compras, e à tarde, quando entrava no café para tomar alguma coisa. Até chegava a fazer avaramente pequenas economias para poder frequentar o café com assiduidade, só para observar a mulher que lá estava todos os dias no seu lugar habitual, sentada num daqueles banquinhos altos junto ao balcão, sempre na mesma atitude: as mãos longas e sem trato esquecidas no regaço, ou segurando negligentemente a bolsa de couro cru deformada pelo uso, a olhar para longe, através das pessoas, com uma expressão que não chegava a ser de ansiedade, mas que também não era de apatia. Nunca a viu servir-se de coisa alguma, nem falar a ninguém, a não ser uma ou outra palavra trocada com o *barman*, ocupado nos seus afazeres por trás do balcão. Era como se essa atitude, que à primeira vista se diria de espera, constituísse uma atitude válida em si. Lembrava a postura de um vaso de begônias no parapeito da janela numa tarde de sol. E, se a begônia se nutria do húmus da terra e vicejava, era isto uma contingência complementar que não interferia com o essencial, que era a importância que ela assumia aos olhos do espectador – a de que existia, estava ali como um figurante num espetáculo que se estava desenrolando, e no qual ela era detentora de um papel específico, qual o de compor o ambiente, fazer a atmosfera: uma tarde parada, de névoa seca, umas poucas pessoas bebendo silenciosamente no bar, um vaso de planta no parapeito da janela – u'a mulher de olhar distante, esperando não se sabe o quê.

"O que será que falta a esta mulher, e o que a sustém?", perguntava-se Marta. Nunca lhe dirigiu a palavra, apenas continuava a observá-la. E, com o tempo, foi aprendendo com ela, compreendendo que também sem ventura se vive.

Entretanto, quando tornava dessas suas divagações, muitas vezes se surpreendia falando alto consigo mesma, para, num desejo de revivescência, ouvir a própria voz, isso lhe parecendo em certos momentos tão necessário como o chamarmos a alguém que se debate em pesadelo. Então, só depois de muito ir e vir de um cômodo a outro, conseguia apaziguar-se, familiarizar-se, aos poucos, com as coisas, integrando-se na atmosfera um tanto opaca e muda do seu apartamento.

Apoiava-se nos ruídos esparsos e amortecidos que recheavam a noite e lhe emprestavam consistência e volume: os sons de um rádio num apartamento qualquer no edifício ao lado filtrando-se através do silêncio feito da cessação dos rumores do dia, as vozes dos meninos da vizinhança brincando fora, no jardim, aproveitando a fresca da noite de verão para retardarem a hora de dormir.

Novamente sentia-se estrangulada pela sua força, sem saber como aplicá-la, essa força agora adensada pela experiência e os anos. Sentia-a em si mais como um intruso do que um movimento propulsor de algo que pudesse ser. Por isso muitas vezes se detinha em meio a sua faina improfícua, desalentada ante a impossibilidade já não de definir, ou justificar, mas simplesmente de imprimir um rumo a essa coisa imponderável que sentia latejar em si, e prolongar-se fora dela numa continuidade que prometia ser sempre, mas que ameaçava excluí-la impiedosamente. Queria provar a si mesma que os seus estremecimentos, as suas angústias e os seus calados desesperos não teriam sido em vão, mas não sabia por onde começar.

Entretanto, despertava nela uma sentida ternura por Heitor, e ela perguntava de si para si o que fizera de sua vida, da vida de ambos, pois não era Maurício em certos pontos tão igual a Heitor? Como, pois, explicar que tivesse suportado por tanto tempo o que jamais perdoara ao outro? Perguntava-se também até que ponto cada qual havia sido verdadeiro em relação a ela, e a si mesmo, e até onde havia cada um, ela inclusive, feito a sua escolha deliberadamente. Mas a resposta não vinha, o apaziguamento não vinha.

Mas quando Maurício voltou, porque apesar de tudo ele voltou, ela o aceitou a princípio com serena gravidade, dizendo consigo que seria para provar a ele, e a si mesma que. Mas uma asa negra tornou a arrastá-la para um túnel comprido e escuro. Não que ela chegasse a pensar que esse retorno de Maurício importasse em algo que pudesse ser daí para diante, mas uma espécie de vertigem, uma quase cessação do ser, sobrepôs-se a tudo, como se no fundo ela acreditasse que mesmo isso lhe fosse necessário. E essa crença persistiu durante algum tempo ainda, às espaçadas idas e vindas dele, até o dia em que, ao referir-se ela a uma de suas ausências mais prolongadas como tendo sido considerada definitiva, pasmou ante o riso leve e despreocupado de Maurício, ao dizer-lhe: – Mas eu nunca deixarei de visitá-la! – como se aqueles encontros fossem algo assim que não lhe pesasse muito, que não interferisse na sua vida, e a que ele pudesse prestar-se de bom grado indefinidamente.

Havia um tom de crueldade na sua inconsciência, e o que ele pretendera significasse persistência não podia deixar de envolver também uma forma demasiado cômoda de ignorar os sentimentos dela. Entretanto, no momento sua reação foi nula, ela pensando em como a realidade diferia da ficção. – Nesta, considerou, os personagens têm sempre uma fala certa para o momento exato, uma atitude pensada de antemão, ao passo que na vida real há sempre o imprevisível, e quando se proferiu a palavra que devera estabelecer a sequência, já é demasiado tarde para retroceder, ou se deixou escapar o momento azado, e do mesmo modo não há mais como voltar atrás. Porque a verdade era que a atitude dele, certo do poder que exercia sobre ela, ditava-lhe reações antagônicas, sem que ela soubesse por qual delas devesse optar, pressentindo, no entanto, que precisava reagir, se não ela se aviltaria, no fundo rebelando-se talvez não tanto por orgulho, quanto pela necessidade de lutar contra o que pressentia como uma força maligna a minar a sua vontade, ameaçando transformá-la numa simples coisa sem fibra. Começava a divisar em Maurício uma influência má sobre o seu caráter. Maurício não era bom, dizia consigo. E, com isso, o momento de responder-lhe já tinha passado, pois ele agora lhe relatava os lances de um jogo, na véspera, em casa de Marina, os seus movimentos subitamente tornados nervosos, fitando-a, mas olhando através dela, o queixo ligeiramente proeminente, o lábio inferior esticado, o que lhe emprestava um ar repentinamente envelhecido, aviltado.

Pelos dias em fora, a ausência dele não mais lhe trouxe nenhum amargor. Era só aquele desencanto e aquele cansaço infinito de viver. E agora, enquanto o esperava uma vez mais, numa tarde quieta, na paz silenciosa do dia que findava, uma asa leve, e muito tênue, distendeu-se, envolvendo-a docemente, algo lhe dizendo que havia chegado o termo da pena que se impusera, da impaciência em que se consumira durante tanto tempo. Então ergueu os olhos do livro que tinha sobre os joelhos, mirou apascentada a pequena sala de estar começando a mergulhar na quietude feita de penumbra e recolhimento do crepúsculo, e mais adiante a crista do morro tornado impreciso pela distância e as sombras baixando sobre ele, e aquiesceu docemente, suavemente conciliada.

Quando Maurício veio, sua presença não mais teve o poder de perturbá-la, de arrastá-la para fora de si. Ele a fitou intrigado, e estranhamente também ele silenciou.

Por longo tempo reteve na sua mão a mão de Marta, enquanto olhava pela janela, para longe, sem que ela sentisse o mais leve estremecimento, ou a necessidade de proferir uma só palavra. E não procurou, sequer, entender se era a dificuldade de reatar, após ausência mais prolongada, ou se também da parte dele aquele silêncio importava numa despedida.

DEPOIS OS DIAS encompridaram numa sequência de montes, picos, horizontes sem tempo, os dedos translúcidos, pontiagudos, tateando no fundo nebuloso das coisas, perscrutando o fundo raso da vida. E já o antes, o depois e o para quê? confundiam-se implacavelmente, por entre eles circulando um rio escaldante e impossível de transpor.

A febre a enfraquecia como um grande desgosto. Marta permanecia no seu quarto, no seu leito, na sua solidão inviolada, de olhos fechados, abarcando mentalmente os limites de seu corpo, como quem faz um levantamento dos destroços após um temporal. Era um sofrimento egoísta de criança.

"Só tenho a mim", pensava. "Só isto é meu." E tinha vontade de chorar sentidamente, não de pena, mas de pura ternura. A doença lhe dava uma espécie de conforto. Sim, comprazia-se com o cansaço bom sobre as pálpebras, e no corpo era aquela sensação de um vago e longo torpor. Sobretudo era bom o silêncio do seu quarto quando matizado pelas vozes e risos infantis partindo do pátio do colégio ao lado, nas horas de recreio. Ao sabor daquele vozerio um tanto fino e distante, como o pipilar de pardais, era um pouco como estar fora do mundo, numa zona intermediária entre a realidade e o sonho, uma gravidade um tanto triste se misturando a uma leveza a um tempo sensível e pueril. Sobretudo isto: sentia-se extremamente sensível, como se toda ela fosse de matéria tenra e fluida, um vaso prestes a transbordar ao mais leve movimento.

Por cansaço, ou indiferença, não indagou muito sobre a natureza da doença. Limitava-se a tomar os remédios que o médico lhe prescrevera. Nem aquele velho temor que trazia em si desde menina, de ter contraído a doença do pai, a preocupava. Ficava era deitada quieta, não esperando coisa alguma. Talvez nem mesmo esperando sarar. Apenas sendo mornamente entre as cobertas.

É bem verdade que algumas vezes, sobretudo nas noites de insônia, pensava gravemente na morte. Mas u'a morte um tanto impessoal; custava-lhe aproximar-se da ideia da morte na própria carne. E porque no íntimo a considerasse remota, comprazia-se melancolicamente e com uma certa autopiedade à ideia de ter de deixar o mundo, doendo-lhe mais nesses momentos a pena de não ter o que deixar atrás de si, de tal modo se encontrava destituída de afeições e de vínculos.

Às vezes D. Ercília fazia a sua aparição um tanto estabanadamente, como um pássaro assustado, com um pé na soleira da porta, pronta a bater em retirada assim que se desobrigasse de sua arriscada missão.

— Está melhor, está? – perguntava apressadamente e em tom aflito. E, sem mesmo esperar resposta: – Que vai almoçar? Quer? Cozinho duas batatas, torro umas fatias de pão. Não? Não quer, então que vai comer? – perguntava, alongando o olhar para o fogão apagado que se avistava pela porta. Depois, esquecida de ao que viera, e aproximando-se da mesa: – Sabe? Ainda não vi esta revista, posso ver, posso? – perguntava com um sorriso meio infantil e meio pateta de menina pedinchando balas. – Posso vir também apanhar emprestadas as suas luvas pretas, no sábado? Tenho um casamento, você sabe. – Ah, suspirava, edificada. – Tão bom poder comprar as coisas. Se eu pudesse, também comprava. Sabe? Aquela bolsa que você me deu, estou aproveitando tanto! – A inflexão da voz era de um deleite tão grande, Marta fechando os olhos para não ver, cerrando os lábios para não falar. Em seguida, relegando a pressa de ainda há pouco, e o perigo a que se expunha: – Vou ficar um pouco com você, quer? Vou fazer-lhe companhia. – Então sentava-se na sala, abria uma revista e se trancava numa indiferença deliberada, cruel, como quem diz: "Se me quer, pois aqui me tem, mas não conte demasiado comigo."

Dava-se numa medida avara, calculada. "E eu, coitada de mim, não tenho também direito ao meu lazer? Se eu não for por mim, quem o será?", parecia dizer o seu mutismo, lembrando a Marta o protesto de legitimidade daquela outra mulher, um dia, no ônibus, voltando lá do outro extremo, através do carro apinhado de gente em pé, para dizer ao trocador, humilde e satisfeita consigo mesma: "Moço, o senhor me deu um cruzeiro a mais", comprando a tranquilidade de consciência por um cruzeiro.

Depois as horas encompridavam, descambando suavemente umas por sobre as outras, o que se notava pelas nuanças de que se tingiam, ora de tons vivos e luminosos, ora opacos e mais sombrios, conforme fosse a direção em que se inclinassem, mutação idêntica se notando na viração do ar, e na intensidade dos sons, até atingirem aquele hiato de isenção que se caracterizava por um único zunido fino e prolongado a marcar a cessação total. Então Marta se virava para um lado e para o outro, não sabendo com que compor o intervalo até as horas, os sons e os movimentos retomarem o seu curso. E, quando isso tornava a acontecer, fazia um esforço e se reintegrava na roda do movimento uniforme e contínuo, com um pouco de passividade, com suavidade. E, quando de novo ouvia, lá fora, as vozes de crianças tecendo o quotidiano feito do lento e indolor escoar da vida hora após hora, então, através de u'a memória tão distante que nem diria ser sua, relembrava coisas de tempos idos, passadas em ruas quietas e antigas, a quietude só pautada por um pregão cantado, o rodar de um carro ou o ecoar dos cascos dos cavalos no leito pedregoso da rua, ao tempo em que o seu conhecimento do mundo se limitava ao tamanho da rua, e aos acontecimentos que nela se desenrolavam. E essas lembranças lhe transmitiam uma confortadora sensação de estabilidade, como se a vida, com tudo que ela comporta, viesse de sempre e pudesse prolongar-se indefinidamente.

Bem que às vezes essa sua visão tranquilizadora se turbava, como naquela tarde em que, pela janela entreaberta, viu surgir no terraço do edifício fronteiro uma esguia figura de mulher apertando fortemente contra o seio um livro que tanto podia conter uma balada de amor como uma ode à morte, fitando perscrutadoramente o céu onde um avião acabara de passar prenunciado pelo ruído potente de seus motores, para perder-se no infinito azul.

Então, foi como se os cavalos moderados das ruas adormecidas subitamente tivessem erguido no ar as cabeças ensandecidas, as crinas soltas ao vento, e de suas gargantas longas e finas partissem relinchos estridentes num pressentimento de um perigo iminente.

A mulher no terraço suspenso por sobre o vazio, qual uma figura solta contra o fundo do céu azul, continuava a perscrutar o horizonte inquietadoramente, e já agora Marta não sabia se a inquietude era da outra, ou sua própria.

De repente sua visão tranquilizadora do mundo desfez-se de um só golpe, sacudido violentamente o torpor em que acalentara a sua autopiedade. Não. O mundo não era tranquilo, a vida não era tranquila. Por baixo da placidez aparente, havia sempre germinando uma ameaça. O mundo era cruel, era cruel na malícia com que os fortes se exercitavam contra os fracos, era cruel sobretudo nessa enganadora aparência de equilíbrio alicerçado sobre a brandura e a conformação de uns, para o riso irônico de outros.

U'a manhã Marta abriu a janela a um sol brando amornando debilmente, puxou a cadeira para perto da janela e deixou-se ficar à luz opaca do sol de outono, um pouco fraca e sem vontade. Sobretudo sem esperança. Mas também sem pesar algum. Assim permaneceu durante longo tempo, até que, gradativamente, começou a ver com extraordinária nitidez as diferentes fases de sua vida.

"Estou sempre começando, para em seguida terminar, e recomeçar de novo, os elos partidos, um não chegando a emendar no outro."

E conquanto mesmo nesse momento sua reação fosse quase nula, era sempre um revigoramento em meio ao seu flutuar sobre fragmentos de ideias esparsas. Melancolicamente dava-se conta de que, de cada vez que o objeto de sua ternura lhe fugia, tinha a sensação de que também a vida lhe fugia. Mas não. Ela continuava a respirar, a ir e vir, embora com o andar um pouco mais lento, os gestos meio esquecidos, a noção de inutilidade cada vez mais arraigada, as suas mortes sendo contínuas, sucessivas, fatais.

No entanto, o plano em que as coisas se processavam agora se alargara infinitamente. O que antes fora urgente, deixara de sê-lo; o que era importante entrava no terreno de uma relatividade sem limites. O sim e o não já não tinham mais aquela força do irrevogável. – Que ela se houvesse conformado? – Também não, porque mesmo a conformação deixara de ter o sentido que lhe é emprestado comumente, desde que o próprio desespero deixara de existir.

"Dá tudo no mesmo, tanto faz", dizia consigo, enquanto ia virando a cabeça e abarcando numa inspeção vagarosa e indiferente o seu quarto meio imerso na penumbra; onde se destacavam os móveis um pouco empoeirados, a cama desfeita, em tudo aquela impressão de coisas mortas, inanimadas, destituídas de qualquer ligação com o todo. E se por longo tempo ainda permaneceu de olhar abstrato, às vezes se detendo para fitar a planta raquítica e empoeirada no parapeito da janela, não foi por nada, não. Depois olhou o relógio, mas logo esqueceu a hora, porque o próprio tempo não contava mais.

E repentinamente lhe veio a certeza, uma certeza calma e profunda, de que daí em diante, fosse o que fosse, havia terminado o seu dilema de seguidamente aceitar e rejeitar.

3.

Granja Quieta pareceu-lhe o retiro salvador, definitivo. Então Marta entrou na posse desse bem que lhe restava, a terra que fora primeiro dos avós, depois dos pais, e agora dela. Apanhava a cadeia no ponto em que ameaçava quebrar-se e lhe dava sequência.

Não foi de pronto que ela se inteirou dos negócios da granja. Lá estava o administrador, diligente, trabalhador. Deixou-o fazer, decidir. Também não se imiscuiu logo no governo da casa. Confiou-o às mulheres, a mãe e a irmã do administrador, ambas viúvas de guerra, vivendo de há muito à sombra da granja. E a ordem doméstica seguia o seu curso como um rio de águas mansas, os dias fluindo naturalmente, metodicamente, absorvendo todos os pequenos eventos que neles ocorriam.

Entregou-se foi à emoção de rever o sítio, e a velha casa toda construída de pedra com um anexo de madeira. Era bom tornar a sentar-se na ampla sala de refeições, um tanto tosca mas íntima, convidativa, com a sua lareira bem grande, os bancos rústicos em volta da mesa grande um pouco baixa e gasta pelo uso. Tudo ali tinha para os seus olhos de convalescente um ar de descoberta, um fascínio de deslumbramento.

De madrugada ainda acordava ao facho sonoro de algum pássaro, ao rebuliço das aves no galinheiro, pelas frestas da janela se insinuando uma luz dourada e tênue. Então pulava da cama, abria de par em par a janela dando para o campo de eucaliptos, e sorvia com volúpia o ar fino e agreste, e embebia o olhar extasiado nas franjas que teciam os tenros dedos dos eucaliptos contra o fundo azul do céu, esse deslumbramento se renovando dia a dia, manhã após manhã. Depois descia para o café, e também aqui se detinha maravilhada na apreensão do sentido que se desprendia da quietude amena da sala de refeições e encompridando e aprofundando-se magicamente através o brilho do sol novo a entrar por entre as cortinas rústicas de fustão florido e a banhar os vasos de plantas nos parapeitos das janelas. Outra festa era a refeição calada, só matizada por um ou outro reparo dos comensais, de um tinido do talher na louça. E, por Deus, que aquilo era música, pura música. Depois havia os seus passeios no campo, aqui a atraindo o cheiro do limoeiro em flor, ali a vista do abacateiro carregado. De repente ela se detinha junto à cancela, o vento dando nos seus cabelos e nas suas saias, a olhar a estrada sinuosa prolongar-se, ao longe, até perder-se na raiz da serra. E o tempo deixava de existir. O mundo que não o de Granja Quieta deixava de existir.

"A ventura será isto?", indagava dela mesma, ainda levada pelo hábito de perscrutar, de ir mais fundo. E por um breve instante, um instante tomado como um hausto de ar puro numa trêmula madrugada de primavera, ela teve a percepção da felicidade pousada sobre o seu frágil equilíbrio como se fora o leve pisar de pés descalços sobre a terra ainda orvalhada mal desperta para a glória do dia. Mas, como o próprio dia, que aos poucos vai envelhecendo e se adensando em certeza dura e irremovível, aquela sua alegria instantânea ia transmutar-se num sentimento gasto, já vivido e irremissivelmente velho. No entanto, persistia. Aplicava-se nesse aprendizado novo com um pouco daquela teimosia com que manejamos canhestramente um cinzel. E também com um pouco daquele espanto do pequenino pássaro no momento em que debica a membrana calcária e recebe o jorro estonteante de ar e luz, mas que ainda não sabe a que vem. Não sabe ainda se o mundo em que penetra é bom ou mau, nem se é definitivo, ou apenas um obstáculo a mais a ser vencido para poder seguir adiante.

E quando chovia, a chuva tapetando os passos de sua angústia, apascentava-a docemente, como o faz o amplo transporte de ternura, trazido ao balido das ovelhas, a divagarem pelos campos debruados, ao longe, pelo ouro do sol e os verdes das colinas.

Marta sempre gostara de olhar a chuva, e mais ainda a chuva no campo. Então permanecia durante horas sentada à janela, vendo a chuva cair volumosa e macia, as gotículas sobre as agulhas dos pinheiros a resplandecerem como brilhantes vivos; as copas das árvores junto ao alpendre pesadas de chuva, como grandes ventres fecundados, depois, a água escorrendo ligeira em valas, que semelhavam minúsculos rios, que a terra sedenta tornava a absorver – essa imobilidade, essa total ausência de ação fazendo-a cair numa espécie de sonho que a transportava para além do visível. Sua intuição alongava-se em abstração funda, parecendo-lhe nesses momentos pressentir a semente na terra se encharcando e intumescendo, o broto aflorando a superfície, o seu espírito apreendendo um sentido mais largo, mais vivido, que se estendia pela vasta solidão dos campos. E ao se ir despegando da abstração com a surpresa um tanto penalizada de quem desperta de um sonho, dizia consigo que talvez o ser tivesse sido criado para isto, para esta comunhão calada e intensa com o mundo de em redor, e o de por baixo da terra, e de por cima do céu, de comunhão com as águas, e o solo, e os bichos todos da criação.

Era a seus olhos um mundo grande, um mundo bom, mas não podia negar que de uma solidão imensa. E ela dizia de si para si que também isto era bom, pois, quem lhe podia assegurar que não fora para a solitude do ser dentro do mundo que o homem nascera?

E à tarde, quando o vapor azulado se elevava no ar em mistura com o perfume bom de pinheiro, e os pássaros se conchegavam em seus ninhos, e os dedos dos eucaliptos se imobilizavam na placidez do sono, estava concluído o ciclo de mais um dia de vivência calada e profunda, um dia no qual não coubera um só fragmento de ação, porque repleto da alegria de puramente existir, tão repleto dessa essência como uma bilha cheia de água até as bordas. Então Marta entrava em casa, tomava assento à mesa, e era a hora da janta simples e farta.

Terminados os trabalhos da cozinha, as mulheres se ocupavam nos trabalhos de agulha, ali mesmo em volta da mesa de jantar, num certo à vontade que lhes conferira a longa morada na casa-grande na constante ausência dos patrões, com o que Marta condescendia boamente, sob o fascínio que exercem sobre ela a natureza franca e um tanto áspera da velha, e a placidez feita de aparente conformismo da filha.

Marta fitava o perfil de D. Augusta já tombando para o afilamento definitivo, e os seus lábios finos e contraídos denotando um resquício de amargura em todo caso não de hostilidade, e ficava tentando desvendar o que suas palavras não diziam. A mulher falava pouco, e quando o fazia, dava sempre a impressão de querer pular por sobre o assunto, como se o essencial tivesse um peso com o qual ela não pudesse arcar. Descambava, então, para o corriqueiro, mas não possuindo a leveza estulta da superficialidade, o seu efêmero se fazia de achas que se apagavam mal ela as acendia, dando aquela incômoda impressão de quem está sentado na extremidade de uma vasta poltrona com receio de recostar-se, uma posição que lembrava um pouco a de um pardal pousado sobre um fio de telégrafo pronto a arribar ao menor sinal de perigo. Também Ana falava pouco, a timidez lhe atando a língua e os gestos, o que lhe emprestava com frequência um ar um pouco tolo de quem veio ao mundo só para presenciar, jamais para tomar parte nos acontecimentos. Mas o que poderia ser uma atitude de repouso, via-se, era de pura tensão a custo contida. O seu rosto magro e anguloso se retesava numa imobilidade forçada, e o cabelo negro e liso repuxado fortemente para trás lhe emprestava um ar severo, sem um pingo de brandura. Não, ela não seria complacente no dia em que se engalfinhasse em combate.

Marta apanhava os fios dos pensamentos irrevelados de uma e de outra e se esgueirava furtivamente, ciosa de preservar a sua independência em relação a elas, zelosa de sua invulnerabilidade.

Bruno vinha muitas vezes juntar-se ao grupo. Então falavam sobre a administração da granja.

— Depois das chuvas vou consertar o barranco – dizia na sua voz descansada um pouco cantante, dirigindo-se a um interlocutor indeterminado. E o seu aviso ficava suspenso no ar, perdurando por muito tempo naquela atmosfera densa na qual as coisas mais simples tinham a consistência e a força de coisa eterna. Lá fora o cão ladrava um pouco, após tudo se recolhia ao silêncio. Então Marta caía em maravilhas e em espantos, parecendo-lhe que verdadeiramente pela primeira vez se via integrada numa vida de quefazer, de plantar, colher, viver.

EM SEUS PASSEIOS matinais pelos diversos recantos do sítio, acontecia-lhe muitas vezes deter-se a contemplar, de longe, Bruno inteiramente absorvido pela sua tarefa, vergando o corpo flexível e musculoso na sua plenitude de animal sadio, e sentia um prazer novo. Aquilo era visível, era real, bendita realidade que a tomava pela mão e a restituía ao centro, mesmo, da vida, conciliando-a com o lado primitivo da criatura humana, com a sua face rude e não cinzelada. Através do ser uno e tocantemente indefeso, na sua carne perecível, ela adivinhava a densa e entrelaçada tessitura do grande enigma, querendo, também ela, participar do mistério, não podendo prever ainda, porém, o ato pelo qual ela seria absorvida.

Marta o contemplava e se sentia fascinada pela serenidade do homem entregue à sua faina, levando uma existência pautada pelas auroras e os crepúsculos, e na qual, parecia, só os eventos da natureza tinham verdadeiramente importância. Se a estiada se prolongava, ele se afligia pela sorte da plantação; se chovia demasiado, ficava arreliado com o alagamento dos campos. Dava, então, de andar de um canto para outro da vasta sala de jantar ou no alpendre, com o ar soturno de um animal enjaulado, as mãos grandes desocupadas, sentindo-se vazio, deslocado.

Bem que às vezes essa inquietude se aplacava, como a de um bicho que se enrodilha em paciente espera. Então Marta o fitava, e se sentia perturbada pelo que diziam os seus olhos escuros, tranquilos olhos mediterrâneos, e o seu sorriso – um sorriso brando e leve mal aflorando aos lábios, um sorriso interior que a deixava intrigada pela força, pela confiança que o homem repentinamente revelava ter na sua força. E quando ele retrocedia a um passado para ela desconhecido, era como se ele fosse desde sempre, e através dos anos e dos acontecimentos, se tivesse solidificado num bloco autônomo e imune ao tempo e às contingências. A própria terra que ele lavrara num país distante, tomava a seus olhos um sentido simbólico de perenidade e de raras dádivas. Suas mãos calosas, de unhas sempre sujas de terra, as vestes surradas e os sapatos deformados e grossos de torrões ressequidos, evidenciavam uma tal intimidade com a terra, e com a vida no seu sentido mais fundo e mais primário, que ela se comovia e se perturbava.

Mas esse fascínio logo se desfazia ante o seu linguajar rude, o seu modo de falar demasiado físico, feito quase todo ele de gestos e de mímica – os lábios rosados e um tanto cheios destacando as palavras, modelando-as com um jeito excessivamente direto, quase impudico, enquanto as mãos acompanhavam as palavras com um friccionar dos dedos num gesto nervoso e incômodo. Às vezes ela se arrepiava ante o modo pelo qual ele estalava a língua, e alçava os ombros indolentemente, como u'a mulher velha e resmunguenta. De outras, espantava-se ante a maneira pela qual Bruno se inclinava sobre o prato, e a fome com que comia.

Também D. Augusta e a filha tinham estranhos modos de comer. Pequenina e magra como era, quando a velha se sentava à mesa, debruçava-se sobre o prato e comia com avidez e urgência, com uma voracidade como se daí a pouco lhe fossem subtrair o alimento à boca. Quando terminava, erguia a cabeça de cabelos grisalhos sempre um pouco desgrenhados, e suspirava, no rosto uma devastadora expressão de amargura e de cansaço, parecendo que tivesse estado a ponto de desmoronar, mas se tivesse recomposto a tempo. Era aquela mesma gula avara de D. Ercília, pensava Marta, ao dizer "já passei muita fome, sim?", mas que em D. Augusta assumia um ar quase selvagem de quem está disputando o seu bocado, reivindicando, compensando-se dos dias de fome de após-guerra, quando esperava durante horas e horas na fila da cozinha coletiva para receber o prato de sopa gordurosa e suja. "Ai, que tempos duros, aqueles", arquejava um pouco sabida e despudorada. "E pensa a senhora que dava para matar a fome? Qual o quê!" Ao que Ana baixava os olhos, diminuída.

Sim, observando-a, compreendia-se que também ela sabia o quanto era temerário viver. Mas graças a Deus, e ao rico manancial de energia de que podia lançar mão nos momentos de prova, conseguia ultrapassar o risco e salvar o seu precioso tesouro.

Já Ana comia com certa indolência e cuidado, ao jeito de uma galinha ciscando e escolhendo despreocupada mas metodicamente grão por grão. E, quando terminava, limpava o prato com um pedaço de pão até não sobrar o menor vestígio de alimento, depois permanecia muito quieta, como uma pessoa que se desobrigou do que esperavam dela.

Mas era sobretudo Bruno quem centralizava a sua atenção.

— Quando chegava navio da Itália – contava, rememorando os seus primeiros tempos de imigrante –, eu ia a bordo, e sempre conseguia um prato de comida. – Os olhos liquefeitos e um sorriso tímido nos lábios rosados sublinhavam aquela ternura de autocomiseração.

Então ela se levantava da mesa e se afastava com passo rijo, deixando-o para trás, como quem joga fora um graveto que lhe tivesse ferido a mão, não sem surpreender-se com a própria reação, e talvez mais irada consigo mesma do que com ele, perguntando-se: "Mas o que é que eu tenho? Por que não me modero?" De outras vezes, porém, essa realidade de um ser que sente fome e necessidade de saciá-la espantava-a e a enternecia a um tempo, dando-lhe uma nova dimensão da condição humana.

Também não lhe passava despercebido um certo jeito do homem fitá-la com aqueles seus olhos escuros, impenetráveis, por baixo das sobrancelhas espessas, ora esquivando-se, ora direto, arrogante, quase brutal. E persistente. E quase imperceptivelmente aquela silenciosa admiração dele ia tocando-a, envolvendo-a num halo muito sutil. E já se diria que, diante daquele espectador constante, ela se movimentava ao modo de quem se movimenta diante de uma plateia – ele, e que numa zona muito remota algo estava evoluindo sorrateiramente, à margem, mesmo, de sua participação. Mas logo ela cortava rente aquele pequeno sentimento nascente para colocar-se acima dele, pois só chegava a tomar pé nas pessoas e nos acontecimentos da granja para transpô-las e concentrar-se em si mesma. Porque acima de tudo contava o seu recolhimento na solidão, e o sentido que ela extraía desse seu isolamento.

Era assim que passava grande parte do dia no campo, e tão ciosa se fizera de seu isolamento que, com o tempo, chegou a mandar construir uma cabana só para si, em meio à floresta de pinheiros. Ali passava longos dias, e noites seguidas, só tendo contacto com a casa-grande por intermédio de Ana, que vinha trazer-lhe o leite, frutas e algum alimento cozido.

E sendo apenas o que era, deixando-se tão somente existir, Marta se apaziguava de um modo tão total, que quase resvalava para o outro extremo: o da nostalgia pelo que não era, pois, não raro lhe parecia que estava transcendendo a si mesma, e temia que a consciência desse estado de ausência de desespero já não fosse o começo, mesmo, do próprio desespero.

E os dias assim se iam sucedendo. Ana chegava todas as manhãs até o retiro de Marta, depunha a cesta sobre a mesa e se sentava num banquinho, e, enquanto descansava da caminhada, comentava as mudanças de tempo, algumas vezes adiantando o tricô, que trazia sempre consigo.

Marta escutava-a na maior parte do tempo calada, não participando, observando-a apenas, enquanto instintivamente ia passando e repassando as pontas dos dedos sobre os lábios numa inconsciente revivescência do gesto habitual da mãe, ao mesmo tempo que ia pensando quão difícil é amar a alguém contra a carência de dons que se constituiriam em atributos que o fariam cair em graça. Porque o desamor que Ana lhe inspirava era algo tão fatal e irremovível que Marta se espantava, e se desgostava, como se estivesse sendo lograda por si mesma na sua capacidade de compreensão e ternura.

Sentindo-se observada, e não encontrando ressonância, Ana de súbito caía em si, fechando-se, austera e humilhada. E o que se seguia era um silêncio pesado, incômodo. E quando lhe parecia já ter demorado o tempo conveniente, enrolava apressadamente a lã, juntava as vasilhas do almoço, e tocava para a granja com o ar ofendido de quem diz:

"É isto mesmo, eu não valho nada; pois, então, não quero estorvar, e quanto menos eu me demorar, tanto melhor para mim e para ela. Não quero perturbar. Não perturbar, é o meu lema", pois era uma pessoa que conhecia o seu lugar, dizia consigo a modo grave. Caminhava, então, de olhos duramente pregados no chão, pisando a grama dos caminhos com raiva, a vingar-se. E estava confusa pelo que se continha nessa hostilidade contra Marta, a patroa, a que se podia dar a toda sorte de caprichos, como aquele de ter cabana no bosque e criada para servi-la. Acentuou enfaticamente a palavra criada, para ferir-se mais fundo; fazendo-se sofrer, ela se dava razão contra quem lhe infligia o sofrimento.

Mas no dia seguinte voltava de ânimo conciliador, trazendo no peito um amplo sentimento de remissão, querendo aproximar-se. Então abria-se em confidências, contando coisas da casa que tivera, na Lombardia, e do marido, que morreu na África, e das necessidades por que passou em seguida. Marta aceitava-a, até certo ponto grata por aquele achegar-se, como se jamais lhe tivesse retirado o apoio, porque a verdade era que ela precisava sentir que contavam com ela. O que ela não sabia ainda era como as pessoas se dão umas às outras nu'a medida maior em que os próprios sentimentos não contam.

De repente tornava a acontecer aquilo. Ana estacava como um animal amedrontado diante de uma sombra postada no escuro da noite. Descaía numa dúvida verdadeira, sentindo-se tola e desconfortável naquele desprevenido dar de si, sem encontrar receptividade. Revivia, então, aquele seu antigo desconcerto diante da cara fechada do marido quando, em casada, tagarelava: "Preciso de um vestido novo. Sabe que as galinhas estão na muda? Já nem põem mais ovos." Ele, com a cabeça sempre voltada às coisas de guerra e de partido, suportando com enfado mal disfarçado o parolar da mulher, ao que ela se defendia intimamente: "Mas de que pode falar u'a mulher, se ela havia sido votada às coisas concretas, as que se veem e se tocam? E um vestido tem valia, porque se usa, e os ovos que as galinhas põem, se comem. E, se chove, é que se tem de retirar a roupa da corda. Essas, as coisas de que entendia."

Mas agora, surpreendendo um certo jeito de Marta olhá-la, um certo ar distraído denotando extremo aborrecimento, sublinhado por um pequeno sorriso de malícia nos olhos amendoados... "Ou seria efeito de seu estrabismo?", indagava de si, ainda em dúvida, desorientada por não saber em que termos falar-lhe. E falar ainda era o seu único instrumento. Era falando que ela ia compondo a sua vida. Calada, simplesmente não sabia o que fazer de si.

Mas, ainda admitindo que se tivesse enganado quanto à reação de Marta, já era tarde para retroceder e reatar o fio da narrativa, para equilibrar-se na animação de ainda há pouco, pois já havia descambado irremediavelmente para a falta de confiança em si, e também já havia acendido aquela chama de ódio que velava, atenta, por trás dela.

E, se ainda continuava a falar, fazia-o com u'a maldade calculada, subtraindo intencionalmente detalhes que poderiam emprestar realidade aos fatos, que, assim, tomavam um tom tão descolorido e remoto como se ela estivesse tentando recontar algo que lhe tivesse sido transmitido por outra pessoa, sobrenadando a tudo aquele seu ar ofendido e o jeito de quem rumina grandes esperanças fracassadas. Marta não conseguia tomar pé naquela narrativa tão rarefeita, o que a afligia um pouco.

E, mesmo depois que Ana partia, ficava vibrando no ar a calada desavença, ameaçando a estabilidade de Marta. Então, para distrair-se, e também para ocupar as mãos, entretinha-se em limpar o terreno em volta da cabana, juntando os ramos secos de pinheiro e fazendo com eles uma grande fogueira, que crepitava levantando uma chama viva, que ela contemplava fascinada como uma criança diante de um brinquedo mágico. Após o que tornava a ficar quieta, a ouvir o canto dos pássaros, e o murmúrio do vento nas copas das árvores.

Foi numa dessas vezes em que ela se achava agachada apanhando ramos secos, dobrada sobre si mesma, a cabeça baixa e os cabelos finos e lisos soltos ao longo do rosto, que ela percebeu com o canto dos olhos a pouca distância Bruno, imobilizado como um tronco, a fitá-la com um olhar sombrio em que havia desejo e sofrimento. E um pensamento lhe ocorreu, célere e incisivo como um relâmpago. Um filho. Ele poderia dar-lhe o filho de que ela precisava para desdobrar-se, para renascer, pois só um filho faria estancar a sua angústia, só através dele ela encontraria a paz.

Então deixou-o vir, aproximar-se. E, por sua vez, sem uma palavra, mansa e concentrada, com as passadas leves de uma corça, encaminhou-se para a cabana, e Bruno foi em seu encalço. E, ainda quando ele a tomou, o mutismo de ambos persistia, ela assistindo impassível ao riso dele, um longo e primário riso de vitória, um riso calado que ela mais adivinhava que ouvia, mas conservando a original dureza, não abrandando, não cedendo, apenas concentrando-se num sentido secreto que a mantinha atenta a um ponto longínquo a brilhar para além daquilo, atraindo-a para o núcleo que era a raiz, mesma, da vida. Só ao fim abrandou a tensão, completamente aturdida, mal avaliando o que se passara, desconcertada ante a impossibilidade de retroceder, como se aquele ato a tivesse ultrapassado.

E de repente se diria que ela já nem reconhecia mais aquilo que a impelira para o homem e o que dele quisera. Nesse momento compreendia que a liberdade, a grande liberdade que um dia a mãe lhe conferira com a sua partida, e que ela pensara haver completado primeiro, apartando-se de Heitor, em seguida sucessivamente aceitando e rejeitando a Maurício, se ampliara de um modo tão grande e aterrador que lhe dava vertigens. Verdadeiramente só agora media o risco de se ir até aos extremos, de se usar todo o poder.

À sua frente, meio desajeitado, Bruno esperava.

— Não volte mais aqui – ordenou, mascarando com a rudeza a própria confusão. Aquilo lhe saiu inesperado para ela mesma, como se tivesse falado pela boca de outra pessoa. E, ante o desapontamento dele, acrescentou sem convicção na voz: – Eu o chamo. – Tentava assim retomar o equilíbrio, após o salto mortal.

Foi só quando Bruno saiu que alguma coisa mais íntima cedeu dentro dela, algo assim como uma fonte que de súbito começa a brotar. E um pranto convulso sacudiu-lhe o corpo todo, as mãos tateando o colo e o rosto, e novamente descendo para a garganta e o seio.

"Quão difícil é percorrer o caminho do sofrimento", pensou quando pôde coordenar as ideias. "Ao fim, como tudo se torna pasmosamente simples, e fácil. Mas então já nem reconhecemos mais o móvel da ação. Dir-se-ia que a persistência no pecado faz perder o travo da condenação, como o hábito da penitência deve fazer perder a perspectiva de redenção."

Pela noite em fora permaneceu de olhos abertos mergulhados na escuridão da cabana, leve, fremente, como uma acha a arder, a vigília se prolongando, enquanto ela se concentrava no silêncio. Só pela madrugada caiu em modorra, o torpor a invadir-lhe os membros, o corpo por inteiro, arrastando-a para um esquecimento longo, uma ausência triste e morna.

Quando abriu os olhos, a manhã ia adiantada. O céu estava alto e limpo, sem uma nuvem por indício. O ar, fino. A floresta toda flamejava ao transbordamento do sol a alastrar-se pelas distâncias. Através da janela aberta, o vento lhe trazia suave e prolongado feixe de sons no qual se entrelaçavam os cantos dos pássaros e das cigarras, e o rumor farfalhante das folhas, nas árvores, a se encresparem em estalidos secos ao incêndio do dia. Todas as coisas haviam retomado o paciente e secreto trabalho de conduzir a vida para diante. Silêncio, só na cabana, e dentro da cabana ela, ainda imersa em perplexidade, não sabendo com que meios desincumbir-se da parte que lhe tocava. Passou a mão pelo rosto, mastigou em seco, e sentiu a saliva grossa. Era a sede. E, conquanto não fosse muito, já era sempre um chamamento a impor-lhe uma certa urgência. Então levantou-se, encheu um copo com água da moringa, e bebeu avidamente; tornou a enchê-lo e tornou a beber. Depois ficou parada. Foi o máximo até onde pôde chegar. Mais não podia. Então retrocedeu, em pensamento, ao que havia acontecido na véspera, e uma vez mais assustou-se com o ilimitado da liberdade que se dera, e com a solidão incomensurável que se contém na liberdade. Havia criado o que no momento se lhe afigurara a própria grandeza, e agora já não cabia mais dentro dela.

BRUNO SAIU DA CABANA desconcertado. A posse de Marta não o havia glorificado no seu orgulho de homem. Aquilo fora demasiado direto, e confuso, como se ele tivesse resvalado para o vazio. Decididamente, ele não sabia que espécie de jogo tinha feito. Primeiro, surpreendeu-se ante a inesperada facilidade com que fora aceito – uma aceitação muda, total; depois, pasmara ante o modo por que ela se voltara contra ele.

Não afeito a grandes especulações do pensamento, sentia-se desamparado e encolerizado consigo mesmo. Ele sabia o que fora a guerra, e o que era o esforço para assegurar a existência do dia a dia, mas procurar compreender os outros, a Marta, e a si mesmo, equacionar no plano em que se desenrolam as relações de um homem para com os seus semelhantes, não apenas em termos de ganha-pão e guarida, mas dos tão inconsistentes sentimentos humanos, isto o lançava numa atmosfera tão rarefeita que o fazia perder pé. E o pior era que, independente de sua vontade, continuava a escavar, a procurar uma explicação para o que havia sucedido.

Saiu pisando com força a terra dura e socada. De terra ele entendia, de terra bruta, profunda e saciada. A lidar com ela, ele se apaziguava. A terra não o amedrontava. Deixava-se trabalhar, mansa e passiva, e ali, em contato com ela, ele estava a realizar o seu destino de homem.

NO DIA SEGUINTE, Marta voltou à casa-grande. De longe ainda avistou Bruno ocupado em consertar a cerca e percebeu que ele a tinha visto. Mas não deu mostras de havê-lo notado. E ainda à mesa, não o fitou com maior atenção que às duas mulheres.

Enquanto comia, em silêncio, passava os olhos por cima de todos, sem demorá-los particularmente em ninguém. Envolver a todos nessa indiferença indeterminada era ainda uma forma de ignorá-lo deliberadamente.

Bem que por um instante surpreendeu os olhos sérios de Bruno pousados nela, mas tornou a refugiar-se no desconhecimento. No fundo, sentia-se desamparada, agastada consigo mesma, não sabendo que atitude assumir. E, mesmo quando olhou mais detidamente para Ana, não encontrou apoio no seu ar distraído, parecendo que comia mais vagarosamente que de costume; nem encontrou guarida na agitação de D. Augusta, que nessa manhã engolia os seus bocados com mais pressa, com maior aflição, como se a ameaça que ela sempre temera, devesse, enfim, desabar sobre a sua cabeça, sem dó nem tardança. Enquanto mastigava, catava diligentemente os farelos de pão espalhados sobre a toalha com gestos nervosos, como um pássaro assustado.

Mãe e filha de vez em quando se entreolhavam em silêncio. Por algum motivo Bruno havia entrado em casa, na antevéspera, com aquele ar acabrunhado, e vinha dos lados do bosque, ainda por cima. Algo tinha havido entre os dois, e boa coisa não deveria ter sido, vaticinou a velha, amargurada. – E mesmo agora, veja-se a cara que fazem, disse consigo. "De um momento para o outro, a desgraça pode bater à porta, e nunca se sabe de onde vem", costumava repetir, como uma vidente de mau agouro. E nesse momento via justificada a sua irresistível fascinação pelo perigo – uma fascinação tão grande, que quase se sentia aliviada vendo o vaticínio prestes a cumprir-se. E Ana juntou-se à mãe no mudo reproche, o olhar dissimuladamente fixo ao longe, pressentindo uma nova veleidade de Marta, uma vitória talvez, a que ela devesse assistir passivamente.

Apesar do antagonismo que fazia com que, tão iguais, estivessem, no entanto, constantemente a medir-se, neste instante elas se uniam na mesma desconfiança e na mesma hostilidade; ligava-as uma raiva surda, como se estivessem a defender um território arduamente conquistado. Já viam Marta e Bruno entrarem em franco combate, o que seria o fim de sua permanência na granja.

E, pois, enquanto durou o almoço, mãe e filha vigiavam. Marta, em expectativa, sentindo-se intrusa na própria casa.

Terminada a refeição, as duas mulheres se retiraram para os fundos da casa, Bruno saiu para o campo. Pairava no ar uma indisfarçável faina de arribação, cada qual tendo mais pressa em evitar a presença do outro. Em pouco Marta percebeu que mãe e filha confabulavam acremente, na sua língua natal, do que muita coisa lhe escapava, engalfinhando-se em recriminações mútuas. Então entrouxou algumas roupas e tornou à cabana.

E novamente os crepúsculos se foram sucedendo às auroras sem nenhuma urgência, os dias se escoando sem dores nem cuidados, mas também sem alegrias. Como se o mundo estivesse de novo no começo de sua criação.

Vigiando-a, sonsa e malévola, Ana voltou a trazer-lhe o alimento em que ela mal tocava. E, mesmo quando o tomava, fazia-o com alheamento, podendo sem uma razão aparente parar logo às primeiras porções, não propriamente por não ter fome, mas como quem para no meio por se ter lembrado de uma outra coisa. Comer era, então, para ela, um ato puramente maquinal, como, de resto, todos os outros atos da vida quotidiana que ia cumprindo com uma submissão cega e indiferente. Emagrecia. Os traços se iam afilando, mas no seu olhar havia uma certa paz, isto se notando sobretudo na quietude da tarde, quando ela se sentava à porta da cabana, o que fazia naquela atitude velha de milênios da primeira mulher que um dia devera ter-se sentado à entrada da caverna a fitar com o olhar puro de espanto o fogo a extinguir-se no horizonte, a paz baixar sobre todas as coisas, a aplacar os seus atávicos desejos, depois o vago e obscuramente sacro temor acordar-lhe cogitações nebulosamente metafísicas.

Pois Marta ficava acompanhando as gradações do pôr do sol, escutando o chamamento de alguma ave, o silêncio crescente a agachar-se sobre o murmúrio cada vez menos audível da floresta, e ficava maravilhada por lhe parecer que podia ir aprendendo sempre, que sempre descobriria algo que antes escapara à sua percepção. Concentrava-se com seriedade, parecendo pela primeira vez ter compreendido o verdadeiro sentido da solidão e gozá-la serena e pensadamente até o fim, como quem bebe um precioso líquido sem desperdiçar a mínima parcela. E tinha a intuição de que pela primeira vez atingia a um estado que pouco importa se sem ventura, mas de uma calma e aprofundamento interior tão grandes que lhe preenchiam todas as lacunas, e lhe respondiam a todas as dúvidas, e dissipavam toda a sua angústia, para deixarem em seu lugar uma consciência tranquila das coisas, saciada, como a de um animal apascentado fitando sentenciosamente o que se desenrola fora dele, e à sua volta, mas sem atingi-lo, sem afetar a sua integridade, a sua impassibilidade patética e grave.

Em outros tempos, muitas vezes se detinha em meio a um trabalho de agulha pensando posso morrer de um instante para o outro, e este pano me sobreviverá. Esse pano, esta jarra, este tronco, se não destruídos deliberadamente pela mão do homem, podem perdurar por séculos, ao passo que minha carne é frágil, perecível, minha vida, mutável e efêmera. Agora, porém, nem mesmo isso lhe importava mais. Parecia-lhe ter-se conciliado, enfim, consigo mesma, e com a vida, com a ideia da própria morte, aplicando-se nos seus pensamentos como uma criança se aplica docilmente no aprendizado de uma lição, dizendo consigo: o que a gente pensa ser eterno é apenas uma fração da eternidade, o instante que passa, que passa sempre, como a ilusão da constante de um rio, que é ele mesmo, sempre igual, mas com águas renovadas.

E, desse modo, o próprio reconhecimento de sua precariedade já era um modo de transcendê-la.

Às noites tranquilas sucediam-se as madrugadas de esmeralda banhadas de orvalho, depois vinham os dias quentes e luminosos, e novamente o ouro dos crepúsculos, num movimento uniforme no qual ela se integrava de bom grado. E sentia uma infinita leveza de alma ao compreender que acima de sua inquietude havia uma outra ordem de coisas, grande, bela, imutável. E também se alegrava por saber que era capaz de conceber um filho, e de bastar-se com o pão de cada dia, dormir sobre a sua enxerga dura, solitária, e de apreender as vozes do silêncio na sua voluntária reclusão.

E CHEGOU O DIA em que Marta compreendeu que a solidão não lhe era mais necessária. Então voltou ao convívio da gente da granja.

Com o tempo, começou a engordar, a adquirir belas cores. Agora tomava o alimento não apenas como quem satisfaz a fome do corpo, mas com uma seriedade muito grande, a compenetração de quem ingere porções de uma substância vital, cortando comedidamente os bocados de carne, servindo-se dos legumes e do arroz delicada e pausadamente, e em silêncio, enquanto o garfo deslizava seguidas vezes pelo prato, arrumando os alimentos com ordem e gosto.

E um dia surpreendeu-se interessada na prosperidade da granja, dando azo ao desejo de produzir, amealhar, como uma formiga afanosa na estação que precede as chuvas.

Bruno a observava por baixo das pálpebras meio descidas, não sabendo se aquela faina seria de bom ou mau augúrio para ele. No fundo, ainda se ressentia do modo pelo qual ela dispusera dele. No entanto, queria-a ainda, mas de um modo duro, quase brutal, no qual a comunicação através das palavras não lhe seria possível. Queria-a de novo, para experimentar-se e experimentá-la, numa secreta busca de afirmação, pois, obscuramente compreendia que ela lhe escapara, e agora estava para ele mais perdida do que nunca. Porque de repente dava-se conta de que ela lhe era completamente desconhecida. Seus olhares admirativos se haviam apropriado do que ela era na aparência. Mas o que ela era no íntimo, isso ele ignorava. Outras mulheres que conhecera, de natureza franca, às vezes até um tanto cansativas, com elas um homem podia confirmar a sua condição de homem. Nessa geografia ele se orientava. Não assim com Marta. E procurava acercar-se dela, mas ela se lhe esquivava sempre.

Às vezes, numa tentativa de aproximação, vinha falar-lhe na administração da granja.

— Estive falando com o Sousa a respeito da pedreira. Quando ele receber as máquinas, vou entrar em acordo com ele para explorá-la. Vai render bom dinheiro.

Não sabia ir direito ao fim, valendo-se de estratagemas, recorrendo aos símbolos. E também Marta fugia ao essencial. Escutava, assentia, mas não cedia ainda, desviando os olhos dos olhos de Bruno, abrigando-se na couraça de algidez que a tornava impermeável à ternura dele. Como uma fêmea afasta de si o macho, depois de fecundada, assim ela se guardava de Bruno. Vivia era só na expectativa do nascimento do filho.

Então Bruno se desforrava num desnorteamento amargo, e, montando o cavalo, tocava muitas vezes para a vila, em meio a densa escuridão a abater-se sobre ele, cegando-o e lhe infundindo um repentino terror. Uma noite esse seu terror cresceu como se ele estivesse a percorrer território que não sabia a quem pertencia, e não pudesse prever de onde adviria o perigo, pois sentia-se tão só e desvalido como se tivesse retrocedido para antes do primeiro homem por sobre a face da terra, e para antes, mesmo, que Deus tivesse dito "Haja luz", e a luz se tivesse feito, que com os próprios instrumentos não sabia como iluminar o caminho nem estabelecer a ordem no caos.

Os únicos pontos de referência nesse mundo em caos eram, apenas, o cavalo que ele montava, mas não via, e as rédeas ásperas na mão. E mais confiando no instinto do animal do que no seu próprio senso de direção, ele o instigava, a chicotear e a incitá-lo com surdos grunhidos, naquele linguajar que havia adquirido no trato com os animais, no campo. E, com isso, já lhe parecia ter encontrado um meio de sair de si. Só quando já se ia aproximando da vila, as esparsas luzes pontilhando sonolentamente de longe em longe o caminho, foi refreando o cavalo e começando a respirar com alguma leveza.

Na entrada da vila parou, à cancela, esperando terminar o vaivém da máquina do trem, em manobras. Isto o apaziguou momentaneamente. E, uma vez no povoado, num atávico senso de imitação fez o que em tais ocasiões os homens fazem: bebeu, jogou, e jactanciou-se um pouco.

O retorno à granja, pela madrugada, foi mais demorado, e triste, pois ele agora trazia em si aquela desilusão de quem já conseguiu o que queria e afinal percebe ser tão pouco. Mesmo a tímida claridade, ao esgarçamento da noite, de nada lhe valia. E, pelo contrário. Ampliava o espaço numa isenção que o acabrunhava mais ainda.

Ao chegar à granja, desmontou, e, depois de ter soltado o cavalo no pasto, recolheu-se ao seu quarto, nos fundos da casa. Mesmo vestido como estava, ainda trazendo no corpo e nas roupas a frialdade e o negror da noite, deitou-se, e durante longo tempo permaneceu de olhos abertos na obscuridade indecisa do quarto. E ora se virava para um lado, ora para o outro, como se com o encontrar uma posição justa para o corpo, conseguisse aclarar o pensamento. De outras vezes, levantava-se e caminhava num e noutro sentido, em seguida tornava a sentar-se na cama, o tronco fortemente apoiado nos braços, profundamente empenhado em tomar uma decisão.

Pois havia coisas que ele definitivamente não entendia, e a situação em que se metera era uma delas. Enveredava pelo raciocínio tornado agora mais espesso e nebuloso pela ação da bebida, como quem estivesse fazendo um esforço desesperado para levantar um peso maior que o que as suas forças lhe permitiam, e se detinha, desalentado, respirando com dificuldade.

"Vou deixar a granja. Sim, é isto. Amanhã mesmo vou-me embora", decidiu por fim. E, antes mesmo de medir as consequências de sua resolução, caiu num sono pesado.

Só acordou com o dia alto, a brilhar como um fruto sazonado prestes a estourar de maduro, e por um triz ameaçando descambar para o apodrecimento. Ainda deitado, foi recolhendo a rede, aos bocados, aplicando paciência e jeito, até retirá-la do mar por inteiro. Até captar os seus pensamentos da véspera. Mas o dia pleno zombava de sua angústia noturna e da inepta decisão que ele havia tomado. Ademais, aí estavam os afazeres do dia, o trabalho todo à sua frente. Então sacudiu-se como se sacode um cão após haver levado uma bordoada, e tratou de entrar na posse do dia.

COM A APROXIMAÇÃO do nascimento do filho, Marta se foi chegando às mulheres da casa.

Bem que de início sentiu a surda hostilidade desencadeada contra ela, mas tão concentrada se fez no seu milagre, que abstraiu tudo. Abstraiu o alvoroço assustado da velha, e o ar contrito de Ana.

D. Augusta de começo ainda estremecia em repentes de mau gênio, como um bicho que estivesse sendo desalojado de sua toca. Mas, aos poucos foi serenando, ao ver que felizmente escapara de ser colocada no centro da questão. Isso era lá entre Marta e Bruno, e parecia ir menos mal. Então tratou de equilibrar-se sobre o novo estado de coisas, e desincumbir-se de sua parte.

Mais demorada foi a aceitação de Ana. Também ela desde logo notara a mudança que se operara no ânimo de Marta; o que antes se lhe afigurara consequência de uma debilidade orgânica, e até chegara a comovê-la um pouco, desabrochando agora nessa realidade que não havia mais como negar, causava-lhe desconcerto e mágoa, parecendo ter sido lograda num ponto que lhe dizia muito de perto, sempre posta à margem dos acontecimentos, fadada a inteirar-se deles em forma de atos consumados. Era, ademais, uma nova manifestação da força de Marta, do seu poder sobre a gente da granja, de que ela não estava excluída.

"Um filho!", pensou, inteiriçando-se toda. Um filho também. Como soube tomar o seu homem, e conceber o seu filho! Como se a vida fosse u'a mesa bem posta de que cada qual pudesse tomar o que lhe apetecesse. E foi Bruno quem concorreu para isso. E agora olhava o irmão como a um traidor que, ao juntar-se à patroa, a bem dizer tivesse renegado a sua gente. Em todo caso, tinha uma desforra: com isso, havia encurtado a distância em que Marta se havia colocado, e quase poderia dizer já formarem todos uma só família. Mas nem esse argumento aplacou o seu rancor, um rancor cinzento, cuja vazão só era estancada pela falta de imaginação e a covardia. E, com o represar esse ressentimento, de dócil e mansa, ela se foi fazendo irritadiça.

Mas a passividade de Marta desarmava-a. Então, de um momento para outro, mudou completamente de atitude, e passou a refugiar-se no sacrifício, num seguido e torturado dar de si, e, com isso, já se sentia edificada, como quem faz uma oferenda a Deus: Vêde, Senhor, é por Vós que o faço. Agora ela compreendia, compreendia muita coisa, e já se sentia capaz de perdoar, de ter piedade e complacência para com as fraquezas humanas, ela, que soubera fechar-se na sua viuvez inviolada. E cercava a Marta de solicitudes a cada passo, a cada instante.

— Nesse "estado" não deve levantar peso. Cuidado ao abaixar-se. Você devia tomar mais leite. Ouvi dizer que fortalece os ossos da criança. Deixe que eu lave a louça para você – dizia, fazendo-se de boa, como se também ela não tivesse almoçado e aquela tarefa fosse exclusivamente de Marta. – Quer que regue as plantas para você, quer? – Ou, então, ataviava-se, às escondidas, como quem vai à corte, e, já na soleira da porta, voltava-se para Marta, vagarosa e bajuladora:

— Vou à vila, quer alguma coisa?

— Não, obrigada.

— Pense um pouco, não quer mesmo nada, naaada? – insistia com falsa solicitude, enquanto perscrutava o que havia por trás daquele retraimento da outra.

— Não, mesmo naaada – repetia Marta, fechando os olhos e rumando pressurosa para uma ilha de isenção onde ninguém a perturbasse com a sua estúpida interferência. "Oh, Deus", pensava, "o que será que torna tão difícil o contacto com as criaturas?", porque sentia que Ana lhe sugava a vida com a sua verbosidade, com os seus conselhos, o seu assédio constante.

Mas, à medida que a época do parto se aproximava, Marta, também ela, se foi fazendo mais loquaz e comunicativa, e por vezes mais sensível, também, às atenções que mãe e filha passaram a dispensar-lhe. Aos poucos, foi envolvendo a Bruno nessa afabilidade. E houve um momento em que se poderia dizer que entre a gente da granja se havia operado uma radical mudança. Bruno era agora olhado pela mãe e a irmã como um pouco dono e diretamente interessado nos bens do sítio, elas consequentemente crescendo em importância aos próprios olhos. D. Augusta andava pela casa mais atarefada e diligente, as suas longas saias pretas semelhando aos trajes de uma abadessa encarregada da despensa, o seu rosto magro e ascético condizendo com o misticismo de uma abadessa. Ana, primando em desvelar-se em cuidados sem conta, mas no íntimo ainda se vangloriando, vingativa:

"Pois então", dizia consigo, "pois então, minha cara, já não há motivos para tanta soberba. Já vale tanto uma quanto a outra, e talvez eu valha ainda mais, se sou capaz de privar-me de meus lazeres para ser-lhe agradável".

E de repente aquela sua determinação de ser boa entornava e a hostilidade contra Marta sobrenadava à aparente docilidade. No fundo, não se conformava com o que era, e em vão tentava subtrair-se a si mesma, porque se diria que um demônio a espicaçava e a impelia a ferir os outros, a Marta.

Pois, estando Marta certo dia a cortar umas camisas, deu com o olhar de Ana encompridado em cobiça.

— Vou precisar de mais alguma roupa – desculpou-se, a querer atenuar o que a outra por certo considerava uma veleidade.

— Ah, há tanto tempo que também eu não faço nada para mim – arquejou reticente e amargurada.

— Pois então, tome uma camisa para você, faço questão – acentuou, vendo Ana dar para trás.

— Eu não faço questão de nada – respondeu com raiva, alteando a voz em tom de mártir que inapelavelmente é conduzido para o sacrifício. Era isso mesmo, com ela as coisas não "pegavam". Ninguém jamais veio oferecer-lhe nada por iniciativa própria. Só insinuando, só pedindo, é que conseguia. Pois, em represália, desprezava as coisas, e desprezava a quem pensava estar sendo generoso para com ela. – Quem sou eu para fazer questão de alguma coisa – ainda gemeu reprovativa, literalmente esvaindo-se em desgosto. – Eu morri para o mundo – acrescentou em tom de queixa nauseante, ao mesmo tempo engrandecendo-se, porque, com o ter chegado a situar-se negativamente embora, já era ter alcançado uma vitória sobre si mesma e sobre os outros, sobre os vivos que estavam mortos e não o sabiam.

Somente Bruno se continha em espera calada, ensimesmado, como o lavrador que aguarda a época da colheita.

Com a aproximação do inverno, os dias, ventosos e nublados, começaram a encurtar, as noites encompridando, retendo as pessoas no recesso do lar, jogadas para dentro de si mesmas, insuladas das outras pessoas por um silêncio meditativo escorado pelo olhar fixo num ponto qualquer, como se um fascínio muito grande as tivesse arrebatado para o mundo do irreal.

Marta permanecia horas a fio costurando junto às duas mulheres, durante os longos serões, à luz do candeeiro colocado no centro da mesa. Matizava o silêncio uma ou outra alusão aos trabalhos do dia. Ana abrandava em tais momentos e se encolhia como um gato friorento, ficando minguada na sua solitude um pouco triste e outro tanto contrita.

"Que valemos nós, Senhor? Menos que grãos de areia diante de Vossos desígnios", monologava interiormente.

Mesmo a velha parecia nessas ocasiões descambar para uma serenidade isenta de expectativa; era a quietude do pássaro que ora se firma sobre um pé, ora sobre o outro, por fim se agacha e se aconchega no ninho.

Excluído do mistério daquela união entre mulheres que tecem e costuram com a submissão de sacerdotisas empenhadas nalgum ofício sagrado, construindo com dócil gravidade objetos como se fossem porções de vida, e, não possuindo, sequer, o instrumento da palavra fácil com que acercar-se delas, Bruno permanecia arredado do grupo, jogado num ângulo de sombra, mãe, irmã e mulher nesses momentos formando a seus olhos uma raça à parte, vivendo num mundo à parte, quais entes possuídos de mágico sortilégio, pertencentes a uma pré-vida, não longínquas e fundas as suas raízes.

Às vezes Marta parava de costurar, o pano esquecido no regaço, endireitava as costas, o rosto afastado do círculo de claridade limitado pelo quebra-luz do candeeiro, e parecia empenhar-se em captar um pensamento distante, a face serena, a cabeça um pouco inclinada sobre o ombro, permanecendo assim por muito tempo esquecida. Depois tornava a ancorar na fala simples entre mãe e filha: o creme de leite a ser batido, o queijo a ser posto na prensa, a ração das galinhas. E uma vez mais tinha a intuição de que alcançava agora a sua verdadeira, a sua plácida e definitiva maneira de ser.

MARTA TINHA AGORA o seu filho, a sua confirmação. E segurar o filho ao colo, esse ser tão pequenino e tenro, infundia-lhe uma alegria tão intensa que quase atingia ao sofrimento. Pois era um sentimento grave, como se ela tivesse no regaço o próprio mundo, o seu mundo, a sua vida nas próprias mãos. E se comovia ante o agitar de seus bracinhos e de suas pernas curtas e roliças, e o seu débil e informe balbuciar. Via o que o filho via, com o seu deslumbramento, redescobrindo a cada passo a beleza velada das coisas pequeninas, deleitando-se nas pequenas alegrias. Através de seu filho abrindo-se em conhecimento, ia redescobrindo a vida num plano bem mais puro e mais amplo, como se ela própria estivesse a renascer.

E, de um instante para o outro, ela, que nunca soubera conduzir a vida, que nunca soubera o que fazer com os dias, tornara-se diligente e sábia, possuidora dessa sabedoria intuitiva e milenar da primeira fêmea a proteger a sua cria. Retrocedia ao começo com uma contenção e um primarismo que a ela própria espantariam, não estivesse tão absorvida pelo milagre que estava sendo.

De terra pouco entendia, e menos ainda de gado. Para quem sempre pisara o asfalto, o que a terra tinha de bom era a surpresa de sua frescura e intimidade, quando se tocava com os pés descalços. Mas o que plantar e em que época do ano, constituíam para ela um mistério. Também gostava de ver as vacas malhadas a pastarem as auroras e os crepúsculos, mas se continha nessa contemplação de um modo inteiramente abstrato, parecendo-lhe que elas ali estivessem apenas para compor a paisagem. Esses cuidados, pois, deixava-os a Bruno. Ocupava-se do resto.

E o tempo ia passando. E o que antes foram dias, se alinhavam em semanas, em meses, e em seguida formando os anos, Marta recolhendo o que a vida trazia no seu bojo. E, com isso, ia amadurando, construindo o que seguidamente tomava uma nova e parecia que mais sólida maneira de ser, uma camada superpondo-se naturalmente à outra, ela arrumando afanosamente a sua vida como uma boa dona de casa que põe ordem na despensa e na rouparia.

Amarga e demoradamente tinha chegado à conclusão de que também o viver se aprende, e o que, ao cabo, um dia se abarca num só relance como tendo sido uma existência inteira, é toda ela uma sucessão de retalhos costurados uns nos outros, e que assim vão formando o que imperceptivelmente foi crescendo, avantajando-se, até nos darmos conta de que já passou tanto tempo, e que já se viveu uma existência tão longa!

Depois do nascimento do filho, Marta reatou os laços com Bruno de uma forma serena, sem nenhum arrebatamento da parte dela, com uma alegria um pouco deslumbrada da parte dele, a princípio, tendo de novo desabrochado aquele seu sorriso um tanto sabido e outro tanto rude – a sabida malícia que lhe advinha da consciência de sua força, de sua presença – até que também isso, o deslumbramento de Bruno, foi arrefecendo, e se estabilizando num sentimento calcinado pela existência no dia a dia. E de repente se diria que o arrebatamento de Bruno pela mulher fora algo assim como uma febre de curta duração, de tal modo o que se solidificou através dos anos era apenas um hábito tranquilo, rotineiro, a sua verdadeira natureza aflorando com a passividade maciça e autônoma de uma árvore frondosa bem plantada no solo, lançando os galhos em todas as direções.

Não, ele não tinha vagar para devaneios, tempo a perder com delicados sentimentos femininos. Aí estavam a plantação, o gado, as contas, coisas que requeriam a atenção de um homem, coisas que por si sós já faziam a vida de um homem.

De início, ele vagamente aludira ao seu velho desejo de ir para os Estados Unidos. – Quando saí da Itália, era para lá que eu tencionava ir. Aliás, preciso ir um dia – dizia de um modo vago, não sem emprestar-se uma certa importância, como se ele fosse um homem de negócios muito viajado, e os Estados Unidos ficassem ali, aonde ele pudesse dar um pulo. – Mas, agora tenho a você – arrematava ainda um tanto desajeitado – e estamos aqui, na granja. Um resto de escrúpulo e acanhamento impediam-no de dizer "e tenho a granja", porque foi só aos poucos, e muito veladamente, mais através de novos encargos do que, propriamente de um acordo explícito, que ele foi entrando na posse do sítio e se enquadrando na sua nova condição.

Com o tempo, até um pouco avarento ele se foi fazendo, observava Marta, como se o apego aos bens que desfrutavam em comum constituísse a garantia indispensável para o futuro. O corpo de Bruno se avolumava, com o passar dos anos; suas ambições cresciam, isto se notando pelo modo por que de lápis e papel na mão ficava a fazer contas sem fim. Via-se isso também pelo jeito com que, depois do almoço, vinha sentar-se na varanda, derreando o corpo cansado numa espreguiçadeira, a lançar um demorado olhar em toda a volta, engrandecido, conduzindo o barco como bom timoneiro.

Bruno olhava a plantação a perder de vista, e se sentia na pele de um homem próspero. Sentia-se realizado, e esse sentimento lhe incutia um vago desejo de tentar grandes coisas, vontade de domínio e de conquistas. Em breve o ar morno do meio-dia de verão abrandava a sua atitude que por pouco se transformaria em aspereza e prepotência. Os insetos zuniam dolentemente no ar adocicado pela sudação das plantas; no tanque, ao lado do alpendre, a água caía num cantochão ininterrupto a sublinhar o silêncio que se estendia pela fazenda inteira, e de repente ele era apenas um homem que trabalhou no campo toda a manhã, que almoçou com fartura, e agora gostaria de ressonar em paz.

Marta, também ela abrandava em tais momentos, como quem está consentindo. Por instantes deixava-se ficar quieta, fitando distraidamente a hera verde e brilhante que brotava nas fendas do muro do jardim, ou acompanhava a trajetória de um pássaro em voo cego estonteado de luz. Depois se cansava daquilo. Então tentava entabular conversa com Bruno.

— Precisamos tomar assinaturas de jornais e revistas. Não se pode viver segregado neste fim de mundo sem saber o que se passa lá fora. Lendo, sabendo, se tem maior campo, enfim... – arrematou com um aceno de mão. Ainda na véspera, arrumando uma estante, dera com algumas revistas velhas de anos, folheou-as, a princípio desatenta, depois foi espicaçada pelo interesse, sentindo-se um pouco roubada pelo seu desconhecimento de tudo que não fosse o mundo restrito à fazenda.

— Hum?! Sim, sim – respondeu ele um pouco lento, aturdido. – Sim, maior campo, por certo – concordou, tentando compensar com a aquiescência a impermeabilidade ao pensamento dela.

E de súbito ela própria compreendia o ridículo da situação, o que lhe encheu o coração de uma raiva negra, impotente.

Em seguida, querendo encher o vazio, foi a vez dele puxar conversa:

— Eu tinha um amigo, companheiro de escola, e mesmo já rapazolas ainda chutávamos bola nos terrenos baldios. Um dia deparei com ele de camisa parda, arrogante. Era um dos importantes das tropas de Mussolini. Desafiei-o. Quem era que ele pensava que fosse? No dia seguinte vieram buscar-me. Passei um ano inteiro numa solitária.

Marta abriu a boca num grande hausto, retendo a custo um grito de pasmo e horror. Mas, como de outras vezes, espantava-se sobretudo com o inesperado da própria violência. Se lhe tivessem dito um minuto antes que ela haveria de exasperar-se àquele ponto, não teria acreditado. Bruno permanecia quieto, diminuído aos olhos de Marta pela incompreensão de sua estultice.

Então ela ergueu-se e caminhou até à extremidade da varanda. Com um olhar duro contemplou a paisagem sob o sol faiscante. Tantas vezes já o fizera deslumbrada, dizendo consigo: olhar isto para recolher e guardar, nem bem sabendo para quando, se apenas para um pouco mais de vida, ou para a morte, sentindo um frêmito ante a ameaça do efêmero. Mas neste momento, abatia-a um cansaço imenso, e a própria beleza do mundo lhe pesava, ultrapassava-a.

E, juntamente com um desgosto travoso, sentia uma espécie de saciedade, como se estivesse comendo um bolo maior que o que a sua fome pedia. Estava farta e levemente nauseada daquele excesso de beleza que se ostentava no azul intenso do céu, que a longa estiagem fazia mais alto e glorioso, e hostil; e no verde-escuro da mata fechada, pejada de vida secreta, chiando e arfando através o canto dos pássaros e o zumbir dos insetos a conduzirem a glória do dia. E o sol abrasava com tanto ardor quanta isenção, queimando a tudo e a todos indiferentemente, acuando os bichos para a sombra, e as pessoas para dentro de casa. O silêncio se fazia maior e mais seco. E Marta se afanava num indefinido mal-estar, como se aquele excesso do mundo tivesse sido obra sua, resultado de seu próprio excesso – ela, que nunca soubera ser inteiramente ela, e ela somente, e, no entanto, querendo sempre abarcar o mundo, imaginando recriar o mundo, como se aquele ao seu alcance não lhe bastasse. Sempre precisava de mais e mais, querendo penetrar sempre mais fundo, para retirar dali, "retirar o quê?", perguntou-se completamente aturdida. Na cidade, quisera a quietude do campo; no campo – o que era mesmo que desejava agora? Pois embora pressentindo que mais cedo ou mais tarde cairia na armadilha, não se entregava. Continuava a bracejar como um náufrago a querer atingir a terra firme e, pelo contrário, distanciando-se cada vez mais.

Desalentada, entrou em casa, e subiu a escada com passos vagarosos, como um pássaro ferido a arrastar uma asa, os degraus de madeira rangendo sob os seus pés, as tábuas do assoalho do corredor amaciadas pelo grosso tapete de fibra cedendo às vezes, a penumbra do corredor como a de um longo túnel. Entrou no quarto caiado de branco, as paredes nuas, austeras. Alcançou o leito, e, deitada junto à janela, nada mais via, nem mesmo o arvoredo, só uma larga faixa de céu derramando-se sobre ela, e ela como que boiando no azul longínquo. Ergueu um pouco a cabeça do travesseiro, procurando posição com o inicial desassossego de uma criança que procura atitude para dormir, e também com um pouco daquela pesada desilusão dos velhos que se preparam para mais uma longa noite de insônia e calado desespero, até verem de novo o sol nascer. E, após um sono várias vezes interrompido, acordou leve, um pouco estonteada, como se tivesse estado exposta a forte aragem, para tornar a engrossar e a envelhecer ao reapoderar-se da consciência, da vida, de sua vida. Então, com o cansaço como o de alguém atrelado a uma tarefa que tem de ser, levantou-se e retomou o dia, no afã de empurrá-lo para diante, na esperança de que os dias vindouros fossem mais perfeitos, e mais efetivos também.

Pois, com uma certa desilusão embora, ela ia e vinha a maior parte do tempo atarefando-se, diligenciando no governo da casa. E, durante períodos que lhe pareciam suficientemente longos para haver relegado o seu passado para o esquecimento, pensava que a posse da granja, do seu homem e do filho apascentava o seu anseio primitivo. Uma nova realidade parecia, enfim, libertá-la da antiga busca, da velha angústia que marcara o seu ser e o seu destino até então. Morrer para a angústia de ontem e refugiar-se por inteiro na afirmação de hoje era um meio de perder a sua intimidade, a sua vida passada, sabia-o, mas também de reencontrar-se num novo começo.

Também, aos poucos, se foi habituando ao milagre que para ela era o seu filho, o quotidiano entrando na ordem natural das coisas, que a própria humana capacidade de maravilhar-se é rasa. E foi descaindo num sentimento de mesmice e indiferença. Não raro passava longo tempo afanando-se em inventar brinquedos para o menino, após o que ficava literalmente exausta. Então, perdia-se em cismas. Ansiava por que o filho crescesse, e ficava a imaginar o que ele seria, quando tomasse a vida pelas próprias mãos, já se projetando para o futuro, como se o presente não mais lhe bastasse.

E havia, ainda, os sobressaltos e as pequenas angústias do dia a dia: à menor febre do filho, ao mais leve sinal de indisposição, caía em verdadeiro pânico, parecendo-lhe que um destino injusto a visasse particularmente, o que lhe dava uma trágica sensação de insegurança. Resvalava, então, para verdadeiros desesperos, como se tudo por que ela lutara até então estivesse sendo duramente ameaçado. O signo do efêmero perseguia-a sem cessar, e a ameaça de desastre lhe tirava toda a capacidade de domínio sobre si mesma. O que não impedia que muitas vezes cedesse à ira, voltando-se precisamente contra quem mais queria, pensou, ao reviver o incidente da véspera, quando deparara com o menino atravancando a passagem com a bicicleta. Então, tomada de súbita raiva, apanhara a bicicleta e a afastara do caminho com tamanha violência, que só se deu conta de seu gesto no instante em que viu o olhar magoado da criança. Sem se aperceber, havia comunicado o seu sofrimento à criança, ao seu filho, ferindo-o. Então assustou-se consigo mesma, ao mesmo tempo que se concentrava num sentido oculto com um obscuro sentimento de gratidão por se estar revelando a si própria.

"Se sou capaz de ir ao extremo da ira, da maldade, se sou capaz de lançar o assombro e o medo nos olhos de uma criança, do meu filho, então, de que atroz substância eu sou feita?", perguntou de si para si, eriçando-se toda ante os infinitos desdobramentos do ser.

E de repente anteviu os infindáveis meandros do fantástico, atônita ante as transformações que se podem operar a cada instante, por trás dos subterfúgios com que encobrimos a realidade, pois agora compreendia que a humildade e a contenção em que ela se vinha refugiando eram mera ilusão.

"A realidade é isto, esta crueza, e este sensabor dentro da contrição." E na raiva com que surpreendeu o menino a vingar-se no cachorro, que lhe fazia festas e o incitava a brincar, compreendeu que assim como com um ato de bondade se estabelece a cadeia do bem, assim, com um só gesto, uma única palavra irada, se estabelece muitas vezes a cadeia do mal. E, através desse duplo ato de maldade, ferindo a um tempo o menino e o animal, sentiu-se repentinamente degradada aos próprios olhos. Nesse momento verdadeiramente compreendia que havia que suportar o peso do vazio sem transmiti-lo a outrem. "Conter em mim o peso do sofrimento, este será o meu exercício", decidiu. E decidiu jamais ceder ao desejo de estabelecer o equilíbrio, fosse através da fuga pela imaginação, fosse através do transbordamento do amargor, provocando o alheio sofrimento. Era deixar que o vazio se exercesse, sem tentar substituí-lo pelos rumores do mundo, e os desejos do mundo, o que seria o mesmo que poder olhar a vida de olhos abertos, lavados de crispação e impaciência, de incompreensão e inconformismo.

Pois, exatamente quando lhe parecia ter, enfim, atingido o que nos outros se chama a maturidade, via que esse sentimento não era total. De quando em quando abria-se uma brecha por onde sua inquietude tornava a infiltrar-se insidiosamente, e na aparência sem nenhum motivo plausível. Enquanto a granja ia prosperando, ela empenhada no afã de alicerçar a sua vida numa base sólida, tecendo paciência e beatitude, e fazendo dessa tessitura a sua disciplina de todos os dias, de todas as horas, ia mudando ao descontentamento nascente, apercebendo-se de que num recanto sombrio alguma coisa começava a minar sua primitiva capacidade de intuição e aprofundamento.

É que avaliando agora a sua prosperidade, que da prosperidade da granja ela fizera a sua obra, Marta tinha a impressão de que todo o seu trabalho fora em pura perda. Tudo coisas de superfície. Compreendia definitivamente que a sua antiga maneira de ser estava sendo solapada pelo seu desconhecimento deliberado, e que muito mais próximo do escuro núcleo da vida ela estivera em sua árida solidão, que mais sentido tinha havido na sua abstenção de outros tempos, que na laboriosa faina de agora.

Por outro lado, considerava, que lição extraíra de suas incessantes buscas? – Apenas esta: a de que não se pode ir além de si mesmo. Que não se pode erigir em verdade aquela bruxuleante luz que pulsa no mais secreto do ser efêmero. Que a angústia de viver, por si só, não se constitui numa razão de viver. E que essa angústia, em si mesma, não é algo que se possa depositar no altar em oferenda a Deus, como quem diz: é isto o que eu tenho para dar-Lhe, que seria despojar-se de muito pouco. Que muito mais fundo é preciso escavar, recuar para mais longe, sempre para mais distante, até retroceder às raízes ainda mais longínquas para, só então, empreender o caminho de retorno, refazer de novo todo o trajeto, até de novo habituar-se à luz, e até mesmo às mais pobres coisas que vicejam no conhecimento de Deus, pura e santamente na paz de Deus.

Concorria para aumentar a sua turbação aquela atmosfera de estação de estrada de ferro ao rebuliço do baldear de trens, que tal era a tensão constantemente provocada pela atitude sempre ofendida de Ana, e a rispidez desarrazoada da velha, as desavenças entre as duas muitas vezes rolando nos fundos da casa para virem desaguar pelo resto do sítio, envolvendo-a também a ela, mesmo à margem de sua vontade, fazendo com que também explodisse em cólera, para em seguida penitenciar-se de seus excessos. Pois os desentendimentos surgiam a cada passo e a propósito de tudo. Então Marta pensava se era a sua inabilidade para lidar com as pessoas que provocava aquela atmosfera de dissensões. "Ou, será a minha falta de resistência, ou, ainda, a minha permanente necessidade de justificar-me? Porque se digo eu não pensei isto, não era isto o que eu queria dizer, os ódios ainda mais se açulam."

"Qual a minha culpa essencial? Qual o meu maior pecado?", indagava de si, essas crises se prolongando por dias seguidos, incutindo-lhe um desassossego permanente.

Era, pois, no filho que ela se refugiava uma vez mais.

Às vezes, estando a costurar dentro de casa, as janelas abertas para o jardim, ouvia lá fora a vozinha pequenina e fresca de seu filho falando com os homens que trabalhavam na terra, falando alto na sua voz infantil e um pouco gritada, experimentando-se, descobrindo coisas, descobrindo o mundo. Ela se enternecia, largava a costura e saía à procura do menino. E estreitava-o demoradamente, beijava-o. Mas logo ele lhe escorregava do regaço e ignorava a sua presença, inteiramente absorvido pelo que estava fazendo. Marta se regozijava e se entristecia um pouco. Seu filho estava crescendo. Seu filho parecia precisar dela cada vez menos, cada vez mais absorvido pela beleza do mundo, pela grandeza do mundo. Então ela entrava em casa, caminhando pausada e atentamente, indagando consigo sobre o sentido daquilo que estava vivendo, do que o seu coração estava acalentando, porque de repente tinha a impressão de estar exatamente no ponto de partida, de tal forma lhe parecia não ter aprendido nada, não haver enriquecido o seu ser em coisa alguma, ignorando o quanto podia, e para onde seguia.

E quando acontecia contemplar o filho vagando pela casa, ensimesmado, sofria mais ainda, sentindo-se responsável por aquele pequenino ser cujos mutismos e temores ela apenas adivinhava mas não sabia como conjurar. Não, ela não podia viver a vida de seu filho, nem sequer ensinar-lhe a viver ela sabia. Presenciava o seu jeito solitário, externado por uma autossuficiência que podia ir até à rudeza, e não possuía o dom de aproximar-se dele.

Sobretudo isto: sabia que entre ela e o filho existia uma barreira intransponível, pois compreendia que as criaturas deixam de aterrorizar-se diante do desconhecido no dia em que perdem a infância, esquecem o mistério que se prolonga para além do meramente sensorial, perdendo a capacidade de maravilhar-se diante do encantamento dos sonhos, essa zona terrífica e a um tempo mágica sendo resguardada para a pureza da infância. Então fechava-se num sentimento compungido de abstenção, temendo turbar, ferir mais fundo.

E um dia ela compreendeu que os instantes de clarividência que tivera no decorrer do que lhe parecia agora uma longa existência não serviram senão para justificar o seu viver naqueles instantes de vislumbre. Depois se desvaneceram, ela porém não morreu com as cintilações que se apagaram. Porque a vida continuava sempre, cada etapa, que lhe acenava com um ter-chegado-ao-fim e encontrar a paz definitiva, encerrando em si o começo do mistério multiplicado em novos movimentos cegos, pulsar intermitente e débil de um novo anseio vagamente esboçado, constantemente renovado, como o começo de uma nova vida gerada no escuro limo, como se o desconhecimento não tivesse limites na sua germinação fatal e inexcedível. A paz verdadeira, total, ela jamais viria a alcançar. Demasiado fundo havia cavado a sua inquietude.

Ah! o esforço que tinha de despender para escapar, simplesmente escapar, não olhar para um lado, nem para o outro – nem para o que era nada e aterrava, arrastando pela própria força de sua propulsão, nem para o que era tudo mas tão longínquo e inacessível! Medir-se com a própria grandeza, e com a própria miséria, e ter de rumar pressurosamente para o vasto e parado lago do comedimento. Seria isso sempre necessário? – perguntava-se, desorientada, porque mesmo em meio à sua turbação obscuramente compreendia que disso dependia o viver. Mas a realidade de cada dia possuía o fantástico poder de ultrapassá-la sempre, como se a cada um de seus passos, muitos outros passos dessa fatalidade invencível se adiantassem, fazendo com que seguidamente perdesse a referência aos marcos vividos.

Nessas horas de coração pesado, Marta tornava a refugiar-se na cabana da floresta. Saía de casa ao alvorecer, ali passando longas manhãs concentrando-se com força nos instantes que eram feitos de solidão e do desejo de fim, pensando no quanto já vivera, "ah! quanto já vivera!", dizia consigo, olhando para trás.

"Meu Deus, a sensação de catástrofe que nos acomete com o só rememorarmos os fatos passados", dizia, pois, apesar de seu desejo essencial de desligar-se deles, como quem despisse as vestes para reencontrar-se una e primária, essas lembranças persistiam.

E também acontecia não raro bruscamente desconcertar-se com o seu isolamento, perguntando de si para si em que sentido estava errando, pois era evidente que de alguma forma estava incidindo em erro, senão, como explicar a persistência dessa angústia? E o próprio fato de o seu isolamento não correr risco de ser violado não testemunhava, de certo modo, o quanto ela se diferençara dos demais seres, ainda que fossem apenas a rústica gente da granja? pois todas as rusgas e desentendimentos eram de superfície, visto como não tocavam no essencial, as pessoas abstendo-se de intervir, abstendo-se de socorrer, deixando-a completamente à mercê de sua danação.

Nesses momentos considerava também o quanto se havia distanciado de Bruno, cansada de sua operosidade um tanto ruidosa, e de sua segurança um pouco ingênua e estúpida, embora sabendo, no fundo, que não se podia vangloriar de sua atitude para com ele.

"E mesmo em relação ao filho", considerou. Conhecia tudo de seu filho, desde os menores caprichos às mais íntimas partes de seu ser, mas um desconhecimento maior aflorava de tudo isso, e não raro lhe parecia que, com infinito amor embora, ela se estava estiolando nos cuidados e reparos quotidianos, sem no entanto conseguir chegar até ele. E se diria que também seu filho se afastava dela mais e mais. Não, ela não podia esperar amor de seu filho, porque não lhe havia transmitido nenhuma herança de amor. Só a aridez e o desespero com que ele fora gerado. E o seu coração lhe dizia que por instinto ele o sabia.

Como o pai, o menino andava sempre metido com as suas coisas, os seus quefazeres, com aquele seu jeito solitário, incutindo-lhe um sentimento que era muito mais sofrimento que ternura. Agora, pensava ela, aos oito anos, seu filho se governava como um homenzinho. Ia à escola da vila, metia-se com o pai no campo ou no estábulo, fazendo as suas próprias construções com sobras de tijolos e argamassa, só entrando em casa para comer e dormir, sempre sujo de terra e cal, o cabelo grosso sempre revolto.

De um certo modo, Carlos herdara a sua dureza, reconhecia, mas uma dureza que dificultava toda comunicação.

Tanto com ela, como com as outras mulheres, e mesmo com o pai, mantinha a mesma atitude de extrema secura.

À TARDE, MARTA costumava subir ao planalto que ficava nos confins da granja, esse refúgio tendo passado gradativamente a substituir suas escapadas ao bosque.

Ali, de onde se avistava toda a sua propriedade, e mais o vale e as montanhas mais além, deixava-se ficar em contemplação, nesses momentos vivendo verdadeiramente nas sensações do presente, no sentido do silêncio. E a sensação de emergir de dentro de si mesma era tão grande, tão latente, espargindo-se numa onda de dimensões tão amplas que abolia tudo, pessoas e coisas, dores e alegrias, que assim perdiam o seu valor ponderável e verossimilhança. E quando essa sensação se desvanecia, ao movimento da onda que se retrai, após haver nivelado a tudo, restava uma única evidência. A de que ela era u'a mulher só. Um ser que se havia empenhado em apagar o passado, mas para quem o futuro deixara por inteiro de preexistir, porque ela deixara de crer, cessara de esperar.

Viver era-lhe agora o mesmo que arranhar as pedras de um muro; os dedos sangravam, sem que ela conseguisse inscrever nele o mais leve indício de sua dor.

Então Marta compreendeu com aquela pureza desprevenida de quem simplesmente olha e vê, e se abstém de intervir para evitar que o sortilégio se desfaça, que debaixo da aparente placidez que ela se estivera a construir até então residia o amargor, e, o que era pior ainda: a paz era uma condição ilusória. Ela buscara refúgio no homem, e refúgio no filho, no ermo da granja distante de todo bulício. E, face a face consigo mesma, já disposta a levar o sacrifício até o fim, perguntou de si para consigo: "Refúgio contra quem, se não contra mim mesma? E acaso o consegui?" E, a concluir pela negativa, de que modo conjurar esse malefício, como extirpar esta angústia? Pois agora via que o refúgio que ela se construíra não lhe bastava.

"É algo mais, o de que preciso", foi dizendo consigo, enquanto caminhava num e noutro sentido do platô. "Julgava precisar de solidão, e de silêncio. Pois aqui os tenho. E, não obstante, há momentos nos quais tenho a sensação de que me estiolo, me asfixio."

Por instantes rendida, como quem transfere um encargo para depois, foi descendo do planalto, mas, em vez de dirigir-se para casa, enveredou pela estrada dourada à poeira do sol poente, e continuou andando por muito tempo, num silêncio novo, o coração batendo ritmado ao estímulo da caminhada, e subitamente surpreendeu-se a um pensamento que lhe pareceu tão verdadeiro, simples e evidente. Compreendeu que o que lhe faltava era um ponto de apoio nela mesma. Então voltou-se com um sentimento de perda para os seus verdes anos, perguntando de si para si o que fora feito daqueles seus movimentos cegos, sim, mas de algum modo fecundos, porque tecidos de beleza e de sonho, conquanto também de sofrimento. Ao passo que agora... Parou, desanimada, não sabendo como levar o pensamento adiante. E de repente ela tombou na trágica realidade de que o ser é só ele, e que unicamente no aprofundamento interior se reencontra e é.

E à ideia de que no mais recôndito ainda continuava a lutar, tomando e afastando de si as coisas quando pareciam não mais servir ao seu ser, revigorou-a um pouco, muito embora sabendo que essas coisas de que se aproximava e afastava sucessivamente não eram senão instrumentos de sua luta, não pedaços que, reconstituídos e associados, pudessem conformar um todo. Por isso ela media nesse instante o sentido da abastança que alcançara, e não se encontrava.

E pelas semanas e os meses que se seguiram, foi, aos poucos, abandonando a administração da granja, e viu que não obstante esta continuava prosperando sempre, sob os cuidados de Bruno. As coisas pareciam prescindir de sua participação, a vida seguindo o seu próprio curso. E isto de algum modo era bom. Num certo sentido lhe conferia um novo e mais amplo sentimento de liberdade.

Entretanto, aquela invulnerabilidade que ela tão obstinadamente visava não se lhe rendia, ainda, pois, por mais que se desprendesse de pessoas e objetos, sentia que algo persistia como um entrave no seu caminho. E essa ideia ela ficou procurando aclarar pelos dias que se seguiram.

Certa manhã, estando a pôr um pouco de ordem nuns livros que foram do pai, encontrou um velho missal encardido pelo tempo, e meio gasto pelo uso, e, folheando-o distraidamente, sentou-se num banquinho, a um canto da sala, e começou a ler.

"Não escondas de mim teu rosto, no dia de minha angústia", e, ao mesmo tempo que ia lendo, considerava com emoção a página amarelada nas bordas pelo seguido manusear de outras mãos que não as suas –, que na conquista da fé deve-se ser persistente, sim, meu Deus, "... inclina a mim teus ouvidos no dia em que clamo, apressura-te e escuta-me". Mas seu pensamento continuava a esvoejar por sobre os salmos, só vagamente se entrelaçando com o texto –, pois para se alcançar um só instante de graça, não basta toda uma vida de preces e contrições; é como trilhar uma longa estrada, disse consigo, e nesse instante media a densidade do próprio desespero, dando-se conta de que nem mesmo aquela amarga serenidade que havia adquirido aos sucessivos tropeços lhe valia mais. "Meu coração como a erva está ferido e seco: pelo que me esqueci de comer meu pão." De súbito compreendeu que estava lendo sem apreender o sentido das palavras, que o Deus que lhe haviam legado era um Deus de palavras, e as palavras, por si, já não a conduziam mais a parte alguma; as que jaziam no fundo de sua memória tinham perdido a eficácia, e as de agora eram esvaziadas de seu conteúdo pelo desconhecimento quase deliberado no próprio instante em que eram proferidas, porque secretamente ela ia mudando a uma tessitura mais densa e ela diria que mais amarga. No entanto, continuava a aplicar-se, procurando o caminho. "Quem me levará a uma cidade fortificada? Quem me guiará até Édon?" "Cada passo no caminho do aclaramento é um passo em direção a Deus. E o próprio afinco em ordenar a vida, em construí-la no dia a dia, não significará essa obscura busca de Deus?", perguntava de si para consigo, enquanto os olhos continuavam a percorrer a página da Bíblia: "Os dias do homem são como a erva: como a flor do campo, assim floresce. Passando o vento por ela, logo perece: o seu lugar não conhece mais. Porém a benignidade de Jeová está de eternidade em eternidade."

Marta parou de ler, desalentada. Sua eternidade era a de um instante, o breve piscar de um vaga-lume. Como, então, alcançar o depois? Como reencontrar-se, e em que sentido? Então fechou o livro, compreendendo a inutilidade de seu intento. E nesse momento afigurou-se-lhe verdadeiramente que a própria prece seria um recurso simulado para receber a consolação, no fundo nem mesmo sabendo se queria ser consolada, de vez que na consolação se continha a fuga ao sofrimento, e ao medo de enfrentar o vazio dentro do qual ela se defrontaria consigo mesma em termos totais. E que melhor fora atentar para o seu silêncio interior, que esse seria o seu adestramento.

Por longo tempo ainda permaneceu imóvel, a imobilidade desesperada de uma pedra, tentando desvendar os caminhos escuros de seu coração, até que foi interrompida por Bruno, que viera discutir com ela as contas da granja. E nesse momento ela pensou o quão pouco tudo aquilo lhe importava, e indagou de si se aquela propriedade não lhe era mais um fardo que um bem, um fardo do qual, considerou, de resto um dia teria que desfazer-se. Então concluiu que desse peso ao menos podia libertar-se logo, sem causar dano a ninguém.

Pelos dias em fora passou a concentrar-se aguda no que tomava agora o sentido de uma decisão tão urgente como se fora a própria necessidade de respirar. E dispôs austera e justa: o legado seria em parte para o filho, e em parte para Bruno, sem deixar de aquinhoar as duas mulheres.

E a alegria nascida daquele gesto de renúncia incutia--lhe uma nova dimensão dela própria, como se tivesse aumentado de estatura. Sentia-se livre, fremente; sua vida assumia um raro sentido de disponibilidade. Mas ao mesmo tempo dizia consigo, advertindo-se, que se não chegasse a usar essa liberdade de um modo fecundo e mais efetivo, ela não a teria merecido.

Então passou a concentrar-se numa introspeção vigilante, difícil, como a de alguém tentando captar a lembrança de um sonho que precedeu o instante de acordar; e como acontece muitas vezes retermos dos sonhos apenas fragmentos esfumaçados que não chegam a configurar um todo, assim sua realidade se partia em mil pedaços, incutindo-lhe aquele sentimento culposo de se estar logrando a si mesma. Então retrocedia, fazendo voto de submeter-se a uma disciplina mais rígida, dizendo de si para si que era preciso ir mais longe, renunciar mais ainda, perder-se mais efetivamente para só então poder reencontrar-se.

Mas no dia em que anunciou a intenção de fazer a partilha da propriedade, viu-se de um momento para o outro envolvida num tumulto de reações as mais desencontradas.

A reação de Bruno foi, a um tempo, de espanto e defesa. Ele se defendia, como se nesse ato se contivesse uma injúria propositadamente dirigida a ele, e se espantava por não se julgar merecedor desse agravo.

— Mas, que fazes? – perguntou, a voz lhe saindo rouca e difícil. Bruno trazia o livro de contas na mão, e parecia que de repente o livro se havia transformado numa pedra; de um instante para o outro, todo o seu trabalho se lhe afigurava em vão. Em seus olhos brilhava uma mágoa sombria, quase rancorosa, como se ela o estivesse repudiando pela segunda vez.

A primeira reação de D. Augusta foi de esconjuro.

— Credo, é até de mau agouro. Quem já viu uma coisa dessas, desfazer-se dos bens em vida? – Depois seu rancor se sobrepôs ao temor supersticioso e ela explodiu em violência: – Ademais, já estou muito velha para possuir haveres. No que me toca, não quero nada. Não vou levar nada para a cova. – Essa última palavra lhe tendo saído como um guincho de um animal pisado, no rosto uma expressão selvagem como nunca Marta lhe vira.

— De que me adianta ter parte no sítio? Acaso poderei abocanhar o meu pedaço? Se tenho de ficar aqui para o resto da vida, tanto se me dá ter parte nele, como não ter. Além do mais, não quero nada do que é seu. O pão que eu como, eu o ganho com o meu trabalho – ajuntou Ana subitamente revigorada pela ira.

Então Marta assustou-se consigo própria, perguntando-se se não havia ido demasiado longe, de repente não mais distinguindo os limites do tacitamente permitido. E indagava dela mesma a que ponto os havia realmente ferido, porque era evidente que, encaradas as coisas do ponto de vista deles, ela estava exercendo sobre eles uma bondade tão pecaminosa e cruel quanto o seria a própria maldade. Pois, no fundo, querendo livrar-se do que lhe pesava, e pretendendo jogá-lo sobre os ombros deles, não era isso uma forma de hostilizá-los e também de querer mostrar-se superior a eles? Não, decididamente ela não era boa, e esse não era o caminho do amor, nem o amor a Deus, nem aos homens, se para atingi-lo se recusava a percorrer humildemente o caminho que a conduziria a eles.

Pelos dias que se seguiram, e mesmo depois que os ânimos serenaram, continuava a pairar no ar um surdo ressentimento, a recíproca desconfiança envenenando-lhe as horas. Então Marta tornava a subir ao platô, mesmo com o vento frio, as nuvens empanando o horizonte e encobrindo os cimos da serra, ao longe, a claridade opaca, o ar encrespado, tal um mau presságio a repuxar a natureza por inteiro num esforço de parto catastrófico.

Atemorizada e fascinada a um tempo, Marta sentava-se sobre uma pedra, e esperava, perscrutava. E de cada vez que subia ao planalto, tinha a intuição de avizinhar-se de um conhecimento novo, de um sinal em resposta a um sentido secreto. Mas de súbito era como se não tivesse tempo para aprender, ou suficiente força para arcar com o peso desse conhecimento, uma fraqueza essencial, quase orgânica, devastando-a até o âmago. Então abanava a cabeça e se refugiava num devaneio de superfície, como a dizer consigo: não posso ainda. Amanhã sim, amanhã será. E, com isso, atinha-se tão somente na contemplação da paisagem, no silêncio infinito de Deus. E um dia ela se viu, a si mesma, na sua nudez e desolação diante de Deus, e na sua solidão diante da vida. E perguntou-se se essa desolação não seria, de algum modo, a quebra de sua crença em Deus.

"Será, então, sempre tão frágil o liame da fé, tão fácil resvalar para o imenso círculo de trevas e condenação? Então, Deus, crença na vida, devem ser construídos dia a dia, hora a hora, instante após instante, velados como se vela pela preservação da pequena chama de uma candeia a que o menor sopro pode apagar?"

Um silêncio pungente foi a única resposta.

Entretanto, um invencível fascínio continuava a atraí-la para o lugar, e suas subidas ao platô se foram fazendo sempre mais frequentes e demoradas, ela dizendo de si para si que só uma vez mais, que essa subida seria a última, de tal forma assustava-se consigo mesma aos pensamentos que a assaltavam então.

"É a última vez", implorou dela mesma, numa tarde em que o coração lhe pesava mais que de costume.

O dia era áspero, de vento frio, o céu nublado, parecendo que iria chover, mas assim se contendo como uma dor endurecida. Marta passeou vagarosamente num e noutro sentido, depois sentou-se sobre a pedra, e esperou.

Visto de longe, e do alto, até onde seus olhos podiam alcançar, o mundo era limpo e acabado. Onde terminava a campina de vegetação rasteira, submissa à limitação de sua exuberância, elevavam-se as colinas lisas e verdejantes; acolá começava a floresta, cujas árvores formavam uma só e compacta massa de verde-escuro; do outro lado, apontavam, esparsos, os primeiros telhados e a torre da igreja da vila. E havia em tudo uma tal harmonia, como se fora um cântico de glória. Então Marta apaziguou-se um pouco, comprazendo-se com a quietude e a suave luz da tarde, e assim se deixou ficar por longo tempo. Depois as sombras se foram adensando, começando a fazer-se tarde.

Então, como numa despedida do planalto, como numa despedida de toda a sua vida, indagou de si para si o que viveu, e em que acreditou. E mesmo no presente o que vivia, e no que acreditava. Por caminhos obscuros, ela havia conquistado a sua liberdade, mas liberdade de quê? "Talvez", concluiu debilmente, "apenas a de ir resvalando de queda em queda, sempre caindo mais fundo para dentro de si". E no silêncio da tarde, no silêncio espantoso de seu coração, de repente viu que a fonte da vida nela havia secado.

Muito remotamente lembrou-se de suas penas de amor, e do seu trágico tatear de cada dia, na cega ânsia de afirmar-se e perdurar, reviu os seres dos quais esperou amor e aos quais se teria aberto em ternura, se eles ao menos tivessem consentido em ser amados, e compreendeu que ninguém a havia amado verdadeiramente. Mas de súbito pareceu-lhe que mesmo isso não tinha muita importância agora, visto como também em seu próprio coração não havia mais amor, nem pelo filho. Nem mesmo por ele. E também esta renúncia, a renúncia ao amor ao filho, não lhe custava mais agora, porque, dizia consigo, bem feitas as contas, não mudava nada.

"Compreender e aceitar, compreender que cada qual é só, e só ele, já é uma forma de defender-se, não tanto do sofrimento, em todo caso da dependência em relação aos outros."

"Que na sua busca do amor talvez se contivesse obscuramente a busca de Deus?"

"Ainda assim, tinha chegado à conclusão de que somente na renúncia ao amor estava a sua salvação, porque acabava de compreender que só com o desapego às pessoas cessaria o seu sentimento de solidão. Mas a renúncia total pedia resignação, e nem mesmo u'a mulher resignada ela era."

Pois olhando para trás, via a sua vida tecida de uns poucos instantes felizes e de muitos sem ventura, e pior que isto: de uma sucessão de muitos outros instantes malogrados. E foi sacudida por um repentino terror ao perceber quão frequentemente uma só fração de tempo gorado pode acarretar a perdição total, irremediável.

"Não estaria nesse desperdício o meu mais grave pecado?", indagou de si. Porque através de seus muitos erros, ela só divisava rebelião e sofrimento – sofrimento inútil, ainda por cima, aduziu, como se em toda a sua vida, ela só tivesse sido guiada pelo instinto da perdição, contrariamente aos que optam pelo caminho da conformação, ou da morna ventura. E, uma vez que nada construiu, nem fora útil a ninguém, tinha de convir que havia perdido o seu tempo, que havia perdido a sua vida. A oportunidade que é dada a todo ser, ela a havia malbaratado, deduziu, aniquilada, dizendo para si mesma que nada do que lhe acontecesse daí para diante seria capaz de atenuar sua falta.

Fatigada como estava, só uma ideia lhe acenava. Então, com muita lentidão, mas também com horror, ergueu-se e caminhou para a extremidade do penhasco, a vista do vazio, embaixo, lhe dando vertigem. De repente parou, retida com tanta força quanto a que a guiara até o abismo. Não. Não seria por essa forma que ela haveria de remir-se. Sair da vida assim seria ficar devendo alguma coisa a si mesma. Seria como deixar algo por terminar.

"Ainda falta percorrer uma etapa", disse consigo. "O que, exatamente?", indagou de si para si, pois no momento não via muito claramente o que pudesse ser.

"Ir de renúncia em renúncia, estaria nisto a salvação? Entregar-me, ceder de todo, será isto?"

"Sim", assentiu debilmente a princípio, depois confirmando com determinação. E nesse momento ela compreendeu que o que sempre lhe faltara fora grandeza. Ela jamais tinha sabido deixar-se humilhar, sempre inaceitando, resistindo sempre. "Talvez dessa resistência se tenha originado todo o meu sofrimento", pensou. E nesse momento tinha como certo que, somente através da humilde aceitação de si mesma e dos outros, é que se consegue escapar daquele vazio que, se não ungido pela graça, aterroriza; que somente no dia em que estabelecesse uma conexão entre ela e o próximo, entre ela e o mundo, através de uma aprendizagem humilde e um consentido trabalho de obediência, como quem tece u'a manta, fio por fio, ponto por ponto, sem pressa de avançar, bastando-se com a própria contenção da tarefa de cada dia, de cada hora, que só então cessaria o seu sofrimento, porque nesse instante via tão claro como se todos os anos vividos se tivessem somado para conduzi-la exclusivamente a este reconhecimento do que era, do que forçosamente teria que ser.

"A clemente bondade de Deus, que nos toma pela mão e tão afanosamente nos conduz. E tão relutantemente O seguimos."

★

UM ARREPIO DE FRIO inteiriçou-a toda, um frio que vinha de suas entranhas e lhe provocava um tremor convulso. Então retrocedeu, e voltou sobre os seus passos. Desceu vagarosamente do planalto, enquanto os lábios secos iam murmurando quase imperceptivelmente:

"Sim, meu Deus, assim é. É como suster a vida, uma vida que não é mais que o pulsar do coração de um pequenino pássaro a que o mais leve descuido pode perder."

No topo do planalto, diante da casa que se vislumbrava por entre as árvores frondosas, parou, respirando penosamente.

Sempre que voltava de seus passeios solitários, encontrava dificuldade em fundear na vida confinada à granja, em falar a linguagem que falavam as pessoas da granja, em enredar-se nos seus interesses e quefazeres, e mais ainda neste momento, pensou, enquanto olhava a casa, quase toda às escuras, sabendo as mulheres na cozinha, Bruno, no estábulo, o menino fora, por certo nas suas brincadeiras com os meninos dos sítios vizinhos, ela não sabendo como fazer a noite viver.

Iluminar a casa seria o começo. E depois? Como encarar e falar às pessoas, como tornar a atar os laços com Bruno, e com o filho? Como e em que escorar as esperanças para o dia seguinte?

Marta entrou em casa pela porta da frente, sem que ninguém tivesse dado pela sua presença. Não iluminou a sala. Faltava-lhe ânimo para defrontar-se com a casa, com os objetos. Então chegou à janela que dava sobre a escarpa do morro para o vale e ficou olhando a noite adensar-se. No jardim, perto da janela grande e baixa onde ela se encontrava, as sombras do arvoredo vizinho de há muito haviam precipitado o negror da noite, mas lá embaixo, no vale, ainda se percebia uma baça claridade.

Com o rosto colado à vidraça, permaneceu longo tempo olhando o campo, que, visto assim à distância, à rarefeita luz da tarde, assumia um sentido espacial e lhe infundia uma nova e estranha serenidade.

Quando atendeu ao chamado para o jantar, no primeiro instante em que penetrou na sala iluminada, ainda estacou, custando-lhe enquadrar-se nessa realidade que continuava a sua tessitura para além da realidade que era a dela. De início encontrou até dificuldade em identificar as pessoas que tinham assento à mesa, dificuldade em vencer a distância até a elas. Mas a loquacidade dos outros ajudava. Seus mutismos já se haviam tornado até certo ponto descurados. Parecia-lhe até que, em tais momentos, a verbosidade dos outros redobrava, como para fazer-lhe ver que havia uma outra ordem de coisas, uma vida bem mais caudalosa e rica do que a vivida na sua carne efêmera, nas suas contrições e tormentos.

Rio, novembro de 1960.

Este livro foi impresso na Gráfica Cruzado para a
EDITORA JOSÉ OLYMPIO LTDA.,
em fevereiro de 2025.

*

94º aniversário desta Casa de livros, fundada em 29.11.1931.